www.tredition.de

AF217673

Neele-Britt Simon

Die verborgene Welt

www.tredition.de

© 2020 Neele-Britt Simon

Verlag und Druck:
tredition GmbH, Halenreie 40-44, 22359 Hamburg

ISBN
Paperback: 978-3-347-21645-7
Hardcover: 978-3-347-21646-4
e-Book: 978-3-347-21647-1

Für meine Mutter, die mir beigebracht hat, dass das Leben ein Abenteuer ist, und die wissen wollte, wie dieses Abenteuer weitergeht.

Teil I

1

„Die Auserwählte ist sowohl gewöhnlich und unscheinbar als auch stark und unbesiegbar. Das macht sie für ihre Verbündeten so sympathisch und für ihre Gegner so tödlich. Mir selbst wäre viel daran gelegen, sie auf meiner Seite zu wissen."

- aus „Die Vorhersagen der verborgenen Welt", Autor: Baptiste der Seher

Erschöpft zog Briana die Tür der Bar hinter sich zu und trat in die dunkle Gasse, in der ihr Fahrrad stand. Der Geruch nach Erbrochenem, Bier und abgestandener Luft lag ihr noch immer in der Nase und drehte ihr den Magen um. Fröstelnd klappte sie den Kragen ihres Mantels hoch und schloss mit steifen Fingern das Fahrradschloss auf. Was für ein bescheuerter Tag, dacht Briana, während sie sich auf das verrostete alte Fahrrad setzte. Als sie ihrer Familie vor knapp zwei Jahren endgültig den Rücken gedreht hatte, um sich in Paris ein eigenes Leben aufzubauen, hatte sie davon geträumt, in einem kleinen Café in der Nähe des Eifelturms zu arbeiten und glücklich zu sein. Die dunkle Bar und die miserablen Arbeitszeiten waren in ihrem Traum nicht vorgekommen.

Mit vor Kälte klappernden Zähnen fuhr Briana durch die dunklen Straßen von Paris. Bei Nacht erschien ihr das Leben so viel ruhiger und erträglicher. Kein Trubel und keine Hetzerei. Nichts, um was sie sich kümmern musste, kein Lärm und keine Verantwortung. Doch die Fahrt dauerte nicht lange. Genau vier Minuten und zwölf Sekunden, wenn sie sich beeilte, und etwa acht Minuten, wenn sie trödelte. Und trotz der eisigen Kälte trödelte Briana.

Warum sollte sie sich auch beeilen? Damit sie in ihrer kleinen Wohnung den nächsten betrunkenen Mann versorgen kann? Damit sie nur noch mehr Verantwortung und Druck auf sich spürt? Nein, besonders eilig hatte sie es nicht. Und doch kam sie viel zu schnell an dem großen Wohnhaus an und stieg vom Rad. Vor der schweren Eingangstür blieb sie zitternd stehen. Ein paar Minuten lang stand sie reglos da und beobachtete ihren eigenen Atem, den sie in der eisigen Novembernacht deutlich sehen konnte. Erst als sie ihre Nasenspitze und Finger nicht mehr richtig spüren konnte öffnete sie die Tür und schlüpfte ins Warme. Schleppend nahm sie eine Stufe nach der anderen, bis sie dann im dritten Stock ankam und vor ihrer eigenen Wohnung stand. Ihre Hand ruhte auf der Türklinke. Mit geschlossenen Augen stand sie da und versuchte, ein Lächeln in ihr Gesicht zu zaubern. Sie gab sich die größte Mühe, um sich in ihre Rolle als verständnisvolle und treue Freundin hineinzuversetzen. Es fiel ihr schwerer als sonst. Nach einer gefühlten Ewigkeit steckte sie den Schlüssen dann doch ins Schloss und trat in die Wohnung.

„Ich bin wieder zu Hause", rief Briana, während sie die Tür hinter sich zu zog und die Schlüssel in die Glasschale neben der Tür fallen ließ.
„Wo warst du?" Patric lag auf dem Ausziehbett, das in dem winzigen Wohnraum stand, und sah Fernsehen.
„In der Arbeit, Pat, wie jeden Tag." Genervt warf sie ihren Mantel über den Jackenständer. „Warst du beim Arbeitsamt?" Briana ging in die Küche und warf die leeren Bierdosen und Pizzaschachteln in den Mülleimer. Dann heizte sie den Backofen vor und holte kleine Baguettes aus dem Kühlschrank. Frustriert sah sie zum Wohnzimmer. Der Fernseher warf sein kaltes blaues Licht gegen die kahle Wand und sie hörte gedämpfte Stimmen. Er war nicht immer so gewesen, rief sich Briana, wie fast jede Nacht, in Erinnerung. Als sie gerade erst zusammengekommen waren, hatte er ihr viel Aufmerksamkeit und Liebe geschenkt. Er war romantisch gewesen, hatte ihr zugehört und sie zum Lachen gebracht. Doch

diese Zeiten waren längst vorbei.

„Patric?" Briana ging zu ihm ins Wohnzimmer.

„Klar war ich da", brummte er und öffnete zischend eine weitere Dose Bier.

„Und? Wie war es?" Briana küsste ihn auf die Stirn und ging zurück in die Küche. Stumm drehte sie die Temperatur am Ofen höher und fing an, das schmutzige Geschirr in die Spülmaschine zu räumen. „Hast du einen Job bekommen?"

„Nein. Natürlich nicht."

Kurz stockte Briana, dann räumte sie die Spülmaschine weiter ein. Wieso hatte sie auch erwartet, dass dieser Tag anders verlaufen würde als all die unzähligen Tage zuvor?

„Soll ich nochmal meinen Chef fragen, ob du auch in der Bar arbeiten kannst?", versuchte sie es erneut.

„Nein."

„Aber es kann doch nicht immer so weitergehen Pat." Wütend knallte sie die Tür der Spülmaschine zu und warf die Baguettes auf das heiße Blech. „Hast du es nicht auch satt den ganzen Tag lang nur in der Wohnung zu sein?"

„Du weißt genau, dass wir mehr Geld haben könnten, wenn du deinen Stolz mal vergessen könntest", patzte Patric zurück.

„Ich werde meine Eltern sicher nicht um Geld bitten." Ihre Stimmen übertönten den Fernseher mittlerweile bei Weitem.

„Dann kannst du unsere Situation ja auch nicht so schlecht finden." Ohne sie anzusehen stellte er den Fernseher lauter.

„Das ist jetzt nicht dein Ernst, oder?" Ihre Stimme überschlug sich vor Wut.

„Ach mach doch was du willst", schrie er zurück.

Mit einem Schlag fiel die Wohnungstür ins Schloss.

„Pat?" Briana kam aus der Küche und rannte zur Tür. Sie sah ihn gerade noch im Treppenhaus verschwinden. Ein zweites Mal schlug die Tür knallend ins Schloss. Dann ging Briana in die Küche und stellte den Ofen ab. Allein essen wollte sie nicht.

„Mist, Mist, Mist!", wütend klappte Briana den Laptop zu und sah ratlos aus dem Fenster. Der stürmische Tag passte perfekt zu ihrer Stimmung. Eigentlich hatte sie nur kurz ihre Mails abrufen wollen und war von einer Welle von Rechnungen überrollt worden. Wie sie die zahlen sollte wusste sie beim besten Willen nicht. Sie ertappte sich dabei, wie sie Patric die Schuld an ihrer finanziellen Lage gab und erschrak vor sich selbst.

Sie stand auf und widmete sich nun dem Stapel an Briefen, die sich seit einigen Tagen angesammelt hatten. Rechnung um Rechnung warf sie frustriert auf ihren Schreibtisch. Sie war kurz vor einem Nervenzusammenbruch, da blieb ihr Blick an einem kleinen beigen Umschlag hängen. Vorsichtig nahm sie den Brief in die Hand. Auf der Vorderseite war in schwungvoller Handschrift ihr Name geschrieben worden und Briana war sich sicher, diese Handschrift noch nie in ihrem Leben gesehen zu haben. Neugierig suchte sie nach einem Absender, konnte jedoch keinen finden. Schnell riss sie den Umschlag auf und drehte ihn auf den Kopf. Vor ihre Füße fiel ein kleiner silberner Schlüssel. Verwundert hob sie ihn auf. Er war voller Verzierungen und in seinem Griff war ein verschnörkeltes „K" eingraviert. Überrascht sah sie sich den Schlüssel von allen Seiten an und legte ihn schließlich behutsam auf den Tisch. Dann zog sie ein Foto aus dem Umschlag hervor. Es zeigte ein steinernes, mit Efeu überranktes Gebäude und im Hintergrund konnte sie eine gewaltige Steinmauer ausmachen. Das gewaltige Haus wirkte einsam und verlassen und die kleinen, dunklen Fenster schienen Briana wie Augen, die sie hilflos und flehend anblickten. Sie konnte nicht sagen weshalb, doch sie ver- liebte sich augenblicklich in das Haus auf dem Foto und fragte sich unweigerlich, ob sie es wohl jemals in echt sehen würde. Nachdem sie es eine Weile völlig gebannt betrachtet hatte, legte sie es sorgsam neben den Schlüssel auf den Tisch und nahm erneut den Umschlag in die Hand. Sie hatte schon Angst er sei leer, doch dann ertastete sie ein dünnes Blatt Papier. Ungeduldig zog sie es heraus und faltete es auf. Der Brief lag ungewöhnlich schwer in ihrer Hand und sie spürte von ihm die gleiche, unerklär- lich Anziehung, die auch von dem Foto ausging. Wieder sah sie die schwungvolle Handschrift, in der auch ihr Name geschrieben worden war. Zu ihrer Verwunderung schien der Brief keine langen Erklärungen zu beinhalten. Ganz im Gegensatz. Er zeigte gerade mal ein paar Sätze. Und wenn sie ehrlich war, warfen diese Wörter nur noch mehr Fragen auf.

Briana,

ich bin mir sicher, Du bist gerade mehr als verwirrt. So sehr ich Dir auch alles erklären möchte, muss ich, zumindest in diesem Brief, leider darauf verzichten. Der silberne Schlüssel gehört zu dem Haus auf dem Foto und ist von enormer Bedeutung. Wenn Du tatsächlich Die bist, für Die ich Dich halte, so beginnt genau in diesem Moment Dein größtes Abenteuer. Ich vertraue darauf, dass Du Dein Schicksal erfüllst.

C.

PS: Cavernas do Peruaçu

Auch nach mehrfachem Durchlesen wurde Briana aus dem Brief nicht schlau. Sie konnte beim besten Willen nicht erahnen, was ihr da bevorstand und doch spürte sie in sich eine Sehnsucht, die sich nicht erklären ließ. Sie musste das Haus einfach finden.

Voller Tatendrang öffnete sie ihren Laptop aufs Neue und wartete ungeduldig, bis das alte Gerät endlich hochgefahren war. In die Suchleiste gab sie „Cavernas do Peruaçu" ein. Dann nahm sie sich ein Blatt Papier und einen Stift und fing an zu planen. Was auch immer ihr da bevorstand, sie war bereit.

2

„Über den Zeitpunkt des Eintreffens der Auser-
wählten ist nicht viel bekannt. Ich bin der festen
Überzeugung wir können 1874, eventuell auch
ein paar Jahre später, mit ihr rechnen. Mein gu-
ter Freund und Berater ist jedoch der festen
Überzeugung, sie würde nicht vor dem 21. Jahr-
hundert erscheinen."

- aus dem Nachlass von Johann von Baren, Rajan der verborgenen
Welt von 1682 bis 1876

Die letzte Woche war für Briana eine der anstrengendsten und zugleich schönsten Wochen, die sie hier in Paris verbracht hatte. Sie hatte von morgens bis abends gearbeitet und am Freitag gekündigt. Sie hatte darauf bestanden, dass sie auch die Überstunden ausbezahlt bekommt und war von dort aus direkt mit der Straßenbahn zum Langzeitstellplatz gefahren, auf dem ihr Auto stand. Seit sie in Paris wohnte stand das Auto schon ungenutzt auf dem Parkplatz und kurz befürchtete Briana der Wagen könnte nicht anspringen. Ihre Sorge erwies sich als unbegründet und so fuhr sie zum Autohändler und verkaufte den Wagen. Sie bekam nicht viel für die alte Klapperkiste, aber das war ihr egal. Sie wollte nur weg von hier. Weg von diesem Leben und weg von sich selbst.
Zu Hause hatte sie Patric versucht zu erklären, dass es an der Zeit war eine Arbeit und eine Wohnung zu finden. Sie hatte ihm gesagt, dass sie das so nicht weitermachen konnte. Natürlich hatte er nur mit den Schultern gezuckt und sich vor den Fernseher gesetzt und tat Briana damit unbewusst einen riesigen Gefallen. Ihr wurde klar, dass sie das Richtige tat, wenn sie ihn verließ. Sie

fühlte sich befreit von allem was sie mit ihm verband und sie konnte den nächsten Tag kaum noch erwarten. Das Ende ihres alten Lebens und ihres alten Ichs. Sie würde ihn verlassen und würde ein neues Leben beginnen. Ein Leben mit Abenteuern und mit Geheimnissen.

Am nächsten Morgen weckte sie Patric um sieben Uhr und schaffte es ihn dazu zu überreden sich mit seinen Freunden zu treffen. Kurz quälte sie ihr schlechtes Gewissen, denn kaum verließ Patric die Wohnung eilte sie durch alle Zimmer und sammelte alle seine Sachen ein. Sein Besitz passte in einen kleinen Koffer und Briana zögerte keine Sekunde als sie ihn vor die Wohnungstür stellte. Ihr eigener Rucksack war bereits seit Anfang der Woche gepackt und unter dem Ausziehbett versteckt. Sie hatte nur Kleidung und ihre wichtigsten Dokumente eingepackt. Nun holte sie ihn hervor und brachte ihn ins Badezimmer. Ihre Kosmetikartikel würde sie erst später einpacken.

Innerhalb einer einzigen Stunde putzte Briana die gesamte Wohnung und die Arbeit ging ihr so leicht von der Hand wie noch nie zuvor. Pünktlich um zehn Uhr öffnete sie die Wohnungstür und ließ die Menschen herein die schon vor dem Haus warteten. Sie verkaufte alles was sie konnte. Den Küchentisch mitsamt den Stühlen, das Ausziehbett, ihre Kommode und den Kleiderschrank, ein paar Kleidungsstücke die nicht mehr in den Rucksack gepasst hatten und am Ende auch noch den Fernseher. Der Verkauf war schnell von statten gegangen. Mehr Menschen als erwartet hatten von dem Schnäppchen wind bekommen, denn Briana konnte fast alles verkaufen. Auch wenn sie nicht viel dafür bekam.

Kaum war sie wieder allein in ihrer nahezu leeren Wohnung setzte sie sich an den Laptop. Wie so viele Male zuvor in dieser letzten Woche schaute sie sich Bilder von Cavernas do Peruaçu an. Sie hatte herausgefunden, dass es sich dabei um einen Nationalpark in Brasilien, ihrer Heimat, handelte. Und obwohl sie sich vor zwei Jahren geschworen hatte nie wieder nach Brasilien zu gehen freute sie sich jetzt doch darauf zurückzukehren. In einer Stunde würde sie losgehen. Von Paris mit dem Flugzeug nach São Paulo. Der Flug dauerte 12 Stunden. In São Paulo würde sie etwa zwei Stunden warten müssen und dann mit dem nächsten Flugzeug noch gut eine Stunde weiterfliegen bis nach Belo Horizonte. Das Flugticket hatte sie bereits in ihrer Tasche. Übrig hatte sie dann noch knapp 300 Euro. Diese mussten reichen, um von Belo Horizonte bis zu dem 600km entfernten Nationalpark zu kommen und dort so lange über die Runden zu kommen, bis sie Katherin und das Haus gefunden hatte. Sie konnte es nicht mehr erwarten und so beschloss sie, den Wohnungsschlüssel schon jetzt abzugeben und bereits früher zum Flughafen zu gehen. Sie wollte Patric auf keinen Fall noch begegnen und so ging alles ganz schnell. Sie zog sich ihren Wintermantel und ihre Gummistiefel an und löschte das Licht in der Wohnung. An der Türschwelle blieb sie ein letztes Mal stehen und sah in ihre leere Wohnung. Sie würde sie nicht vermissen. Dann schloss sie die Tür ab und eilte die drei Stockwerke nach unten. Wie ausgemacht warf sie dem Vermieter den Schlüssel in den Briefkasten und trat dann hinaus, auf die Straßen von Paris und nach so unendlich langer Zeit kam sie sich zum ersten Mal wieder so frei und leicht vor. Ihr stand die Welt offen und sie freute sich darauf.

Zu Fuß kämpfte Briana sich durch die überfüllten Straßen. Es war Mitte November und die ersten Weihnachtseinkäufe wurden erledigt. An allen Straßenecken brachten Hausbesitzer Lichterketten und Girlanden an und in den Cafés saßen lachende Menschen und tranken heiße Schokolade oder Kaffee. Manche, die am Fenster saßen, beobachteten auch das rege Treiben auf der Straße. Der Schneeregen der durch den starken Wind durch die Gassen getrieben wurde, die Autos die wegen der schlechten Sicht langsam fahren mussten, Menschen die mit Tüten in der Hand und einem Regenschirm in der anderen durch die Einkaufsstraße rannten um schnell wieder ins Warme zu kommen. Und vielleicht beobachtete auch jemand die junge Frau, die mit einem großen Rucksack auf dem Rücken mitten in der Fußgängerstraße stand und in den Himmel blickte. Ein breites Grinsen auf dem Gesicht. Ihre dunkelbraunen Locken kleben ihr pitschnass im Gesicht und trotzdem schien sie sich nirgends unterstellen zu wollen. Sie stand einfach nur da. Und vielleicht denkt sich ein Passant, der die junge Frau da so stehen sieht, sie sei verrückt. Vielleicht sieht er aber auch, wie glücklich sie aussieht, und beneidet sie.

Die Zeit verging rasend schnell und ehe Briana sich versah saß sie im Flugzeug über Belo Horizonte und fieberte ungeduldig dem Landeanflug entgegen. Über ihr leuchtete bereits das Symbol zum Anschnallen und unter sich sah Briana immer deutlicher die hohen Wolkenkratzer von Belo Horizonte, Hauptstadt des Bundesstaats Minas Gerais. Rumpelnd kam das große Flugzeug auf der Landebahn auf und nach einer schier endlosen Strecke des Ausrollens kam es endlich zum Stehen. Noch vor allen anderen hatte Briana sich ausgeschnallt und lief dem Ausgang zu. Sie konnte es nicht mehr erwarten endlich richtig in ihr Abenteuer zu starten.

Der eigentliche Plan war gewesen per Anhalter von Belo Horizonte bis zum Nationalpark zu fahren, doch als sie dies einem Autofahrer erzählte, der sie gefragt hatte, wohin sie wollte, hatte er sie nur ausgelacht. Also war sie seinem Rat gefolgt und hatte sich ein weiteres Flugticket gekauft. Von Belo Horizonte bis nach Montes Claros. Eine Stunde Flug, knappe 400 km. Von dort aus waren es noch etwa vier Stunden mit dem Auto bis nach Fabião, dem kleinen Dorf am Nationalpark. Von dort aus musste sie losziehen und das geheimnisvolle Haus finden.

In gleichmäßigem Tempo raste das kleine Taxi über die Straße. Nach kurzer Zeit hatte Briana in Montes Claros sowohl den richtigen Weg als auch einen Fahrer gefunden der bereit war sie bis nach Fabião zu fahren. Sie kamen gut voran und erreichten schließlich den kleinen Ort. Obwohl Briana eindeutig unter Schlafmangel litt fühlte sie sich angesichts der großen Aufregung hellwach. Sie bezahlte den Fahrer, nahm ihren Rucksack und schlenderte willkürlich durch den Ort. Sie sah sich die Häuser an, ständig darauf bedacht das eine besondere Haus irgendwo zu entdecken. Auf dem Foto hatte sie gesehen, dass es sich etwas abseits befinden musste da keine weiteren Häuser zu sehen waren und doch hoffte sie es würde hier stehen. Doch nachdem sie zweimal durch den gesamten Ort gelaufen war musste sie sich enttäuscht eingestehen, dass sie das Haus nicht ganz so einfach finden würde. Sie fing an willkürlich Menschen anzusprechen und fragte sie nach dem Haus auf dem Foto, doch niemand schien das Haus schon mal gesehen zu haben. Um die Mittagszeit kaufte Briana sich ein schnelles Essen auf die Hand und setzte sich damit unter einen Baum in den Schatten. Ihre Beine taten ihr weh vom vielen Laufen und da sie mit ihrer Suche nicht voran kam spürte sie immer deutlicher die Müdigkeit. Schwer lastete sie auf ihren Schultern. Sie nahm den Rucksack ab und lehnte sich schläfrig gegen den Baumstamm. Schnell verschlang sie ihr Essen. Sie wollte sich einen kurzen Mittagschlaf gönnen, doch soweit kam es nicht. Ihre Augen fielen bereits zu als sie eine kleine Gruppe von Männern sah. Sie kamen direkt auf sie zu. Briana sah sich um. Sie konnte keine Touristen und keine Einheimischen sehen. Niemand der ihr helfen konnte und keine Erklärung, warum die Männer ihr immer näherkamen. Briana sprang auf die Beine und schnallte sich den Rucksack wieder an. Obwohl sie sich nicht sicher war, ob sie nicht aus Schlafmangel paranoid wurde, hatte sie einfach das Gefühl in Gefahr zu sein. Zügig ging sie in eine kleine Nebenstraße. Sie lief noch zwei Ecken weiter bevor sie sich traute sich umzusehen. Die Männer kamen gerade um die Ecke hinter ihr. Wenn sie sich davor noch für paranoid gehalten hatte tat sie das jetzt nicht mehr. Sie wurde verfolgt. Die vier Männer rannten nicht sondern gingen in gleichmäßigem, ruhigem Tempo hinter ihr her. Es glich eher einer Treibjagd als einer wilden Verfolgung. Doch etwas sagte ihr, dass sich das gleich ändern würde. Panisch erhöhte Briana ihr Tempo. Sie joggte die Straße entlang, den schweren Rucksack auf dem Rücken und die Gewissheit ihrer Verfolger im Nacken. Sie wurde immer schneller, rannte, drehte sich um und sah ihre Verfolger in kleiner werdendem Abstand hinter sich. Sie trieben sie an. Immer schneller. Der Ort war klein und so rannte sie schon wieder auf den Imbiss von vorhin zu. Erneut drehte sie sich um. Ihre Verfolger waren ihr mittlerweile sehr nah auf den Fersen. Sie hatte nur noch zwei oder drei Meter Vorsprung. Einer von ihnen hob den Arm und eine Klinge blitzte im Sonnenlicht auf. Briana rannte schneller. Hinter sich vernahm sie deutlich das Sausen der rasend schnellen Klinge. Klirrend brachte das Messer ein Fenster neben ihr zu Bruch. Panisch sprintete Briana los. So schnell war sie noch nie gerannt. Sie sprintete die Straße entlang, bemerkte mit Genugtuung wie sich der Abstand zu ihren Verfolgern vergrößerte. Nicht viel aber immerhin. Sie sprintete um eine Ecke. Den Angstschweiß im Gesicht. Um die nächste Ecke. Dann noch eine. Wie ein Hase raste sie im Zickzack um die kleinen Häuser herum. Lange würde sie dieses Tempo nicht mehr aushalten. Vor ihr tauchte wieder eine Ecke auf. Sie sprintete weiter. Bog scharf nach rechts in eine andere Gasse ab und bevor der gellende Schrei ihre Kehle verlassen konnte wurde ihr eine Hand auf den Mund gepresst und jemand riss sie zu Seite.

3

„Hauptzentrale bietet eine halbe Million auf den Kopf der Verräterin, die laut einem Seher in der Nähe von Zentrale K gesichtet wurde und in Kürze in die verborgene Welt eintreten wird."
- Schlagzeile aus der Zeitung der verborgenen Welt; Mittwoch, 29. November 2023

„Versprich mir, dass du nicht schreist", raunte ihr eine erstaunlich weiche und wohlklingende Stimme ins Ohr. Der Atem des Fremden kitzelte dabei warm an ihrem Hals und Briana bekam eine Gänsehaut. Zugleich stieg ihr eine Schamesröte ins Gesicht.

Reiß dich zusammen, schärfte sie sich wütend ein, während sie vorsichtig mit dem Kopf nickte. Langsam wurde die Hand von ihrem Mund genommen und sie wurde auf eine Bank gesetzt. „Ich tu dir nichts. Du musst mir Vertrauen." Wieder löste die Stimme an ihrem Ohr eine Gänsehaut aus und Briana verfluchte sich innerlich dafür.

„Ich lass dich jetzt los, in Ordnung? Du musst ruhig sitzen bleiben. Zu deiner eigenen Sicherheit."

Wieder nickte sie. Warum sie diesem Unbekannten vertraute wusste sie selbst nicht. Vielleicht war es die Stimme oder sein Geruch oder die Mischung aus beidem, doch Briana wusste einfach, dass er ihr nichts tun würde. Zumindest nicht jetzt. Zögernd lösten sich die Hände von ihren Oberarmen und sie atmete erleichtert aus. Sie drehte sich nicht um. Sie widerstand dem Drang aufzuspringen und zur Tür zu hechten. Sie widerstand dem Drang laut um Hilfe zu schreien. Stattdessen saß sie ganz ruhig da und tat gar nichts. Sie spürte, wie der Unbekannte hinter ihr wegtrat und ruhig an ihr vorbeiging. Langsam kam er in ihr

Sichtfeld, blieb kurz stehen, musterte sie und setzte sich schließlich ihr gegenüber an den kleinen Holztisch.

Jetzt oder nie. Der Weg zur Tür ist frei.

Brianas Muskeln brannten vor Anspannung. Ihr Kopf sagte renn. Flieh. So schnell du kannst. Doch sie blieb sitzen und rührte sich nicht. Sie zwang sich dazu, ihn anzusehen. Tief in die Augen. Sie blinzelte nicht. Hatte Angst, ihn auch nur eine Millisekunde nicht zu beobachten. Langsam öffnete sie den Mund. „Wer bist du?" Sie sprach leise. Ihre Stimme zitterte und sie schämte sich dafür. Er schien das zu merken und kurz blitzte etwas in seinen Augen auf.

Er hält mich für schwach. Das ist doch völlig egal! Reiß dich endlich zusammen. Du musst hier weg.

„Lass mich gehen." Ihre Stimme war immer noch leise, doch wenigstens zitterte sie nicht mehr. Was auch immer das Blitzen in seinen Augen bedeutet hatte, es war nun fort. Und Briana wusste nicht, ob sie das so gut fand. Er saß ihr gegenüber. Entspannt und locker. Sie konnte ihn nicht einschätzen. In keiner Weise. Er war verschlossen.

Wie ein Buch in einer fremden Sprache, dachte Briana und der Gedanke beruhigte sie.

„Die Männer da draußen waren nicht ohne Grund hinter dir her." Seine warme Stimme riss sie sofort aus ihren Gedanken. Zurück in die Wirklichkeit, die ihr Angst bereitete.

„Sie kommen von der Hauptzentrale. Sie wollen dich umbringen und das Kopfgeld kassieren."

Kopfgeld? Auf mich? Was zur Hölle ist hier los?

„Und du? Willst du das Kopfgeld auch?" Sie war stolz auf ihre Antwort. Sie hatte das Gefühl, sie dürfe ihm ihre Angst nicht so deutlich zeigen.

„Ich bin mir noch nicht sicher. Du hast dich gut geschlagen da draußen. Aber eine halbe Million ist viel. Ich muss wissen, ob du wirklich die Auserwählte bist."

Die was bitte?!

„Ich weiß wo das Haus ist, das du jedem gezeigt hast. Ich werde dich dorthin führen, sobald die Sonne untergegangen ist." Der junge Mann stand auf und ging zu einem kleinen Kühlschrank. Er holte Brot und Käse und hielt es ihr entgegen.

„Du brauchst Kraft für die Nacht."

Ich brauch vor allem Erklärungen. Und zwar ganz schön viele.

„Danke." Hungrig nahm Briana das Essen an. Die Erklärungen würde sie schon noch bekommen. Etwas in ihr sagte ihr, dass sie bei diesem Mann eine Menge Geduld brauchen würde, um alle Informationen zu bekommen, die sie brauchte. Doch der Gedanke störte sie nicht. Ganz im Gegenteil.

Während dem Essen hatte der Unbekannte sie stumm beobachtet. Er selbst schien keine Anstalten zu machen auch etwas zu essen und Briana mochte es nicht, wie er sie ansah. Sie fühlte sich so nackig vor ihm. Wie er ihr bei jedem Bissen zusah, ohne Ausdruck im Gesicht. Nicht eine Regung. Leise aß sie, bis sie satt war, dann sah sie ihn an.

Du schaffst das. Nur ein paar Antworten.

„Ich habe ein paar Fragen", kurz wartete Briana, ob er etwas antworten würde, doch er schwieg weiterhin. „Wer bist du?". Sie wusste, dass es viele andere Dinge gab, die deutlich wichtiger waren. Was meinte er mit die Auserwählte, wer waren die Verfolger, warum hatte er sie gerettet, und doch brannte ihr diese Frage am Meisten auf den Lippen. Gebannt starrte sie auf seinen Mund. Wartete darauf, seine Stimme und eine Antwort zu hören, doch nichts geschah.

„In Ordnung", enttäuscht atmete Briana aus. Ihr war gar nicht aufgefallen, dass sie den Atem angehalten hatte. „Wer sind die Männer gewesen, die mich Verfolgt haben?"

„Sie kommen aus einer Zentrale aus einem anderen Land."

„Wow. Danke, wirklich!", langsam wurde Briana wütend.

Er schaffte es tatsächlich ihr durch Antworten noch mehr Fragen aufzuwerfen. „Was sind Zentralen?"

Wieder sah er sie einfach nur an. Briana wollte protestieren, da schnellte er vor und hielt ihr erneut den Mund zu. Wütend funkelte sie ihn an, doch er hielt sich den Finger vor den Mund und Briana verstand. Er löste die Hand von ihrem Mund und stand in einer einzigen, galanten und vollständig lautlosen Bewegung auf. Ohne ein einziges Geräusch zu verursachen hob er seine Bank zur Seite und öffnete eine Luke im Boden. Er musste nichts sagen, Briana verstand auch so. Wieder konnte sie sich nicht erklären weshalb, doch sie gehorchte ihm. Möglichst leise stand sie auf und ging zu der Luke. Sie schaute in ein dunkles klaffendes Loch. Sie schluckte den Kloß runter der sich in ihrem Hals gebildet hatte und setzte sich an den Rand der Luke. Sie konnte keine Leiter ertasten und wieder sagte sein Blick ihr alles was sie wissen musste. Sie atmete tief durch. Dann ließ sie sich fallen.

Die Landung war erstaunlich weich, doch Briana konnte in der vollkommenen Dunkelheit nichts erkennen. Die Luke über ihr war geschlossen. Dann ertönte ein aufforderndes und ungeduldiges Klopfen. Sie hörte wie die Tür geöffnet wurde und Schritte in den einzigen Wohnraum kamen.
„Wir suchen ein Mädchen. Dein Alter. Relativ klein, dunkle wellige Haare. Sie trägt einen Rucksack. Hast du sie gesehen?" Die andere Stimme sprach in nahezu akzentfreiem Portugiesisch und doch konnte Briana kleine Fehler in Betonung und Sprachmelodie hören. Die anderen Männer kamen nicht aus Brasilien und Briana wusste, dass es sich um ihre Verfolger von vorhin handelte.
„Nein, hier ist niemand. Aber seht euch gerne um."
Kurz polterte es in dem Raum über ihr und sie fürchtete sie würden die Luke entdecken, doch dann brummte der Mann von vorhin etwas in einer anderen Sprache und die Eindringlinge verließen das Haus. Dumpf wurde die Luke geöffnet. Ihr unbekannter Retter sah sie an, dann warf er ihr ihren Rucksack hinunter. „Warte hier, bis es dunkel ist." Seine Stimme klang warm zu ihr ins kalte Versteck und Briana gehorchte ihr, ohne seine Aufforderung auch

nur in geringster Weise zu hinterfragen.

Briana hatte ihr Zeitgefühl verloren. Sie konnte beim besten Willen nicht sagen, wie lange sie sich schon in dem Hohlraum befand. Nach kurzer Zeit hatten sich ihre Augen an die Dunkelheit gewöhnt und sie hatte ihr Versteck genau unter die Lupe genommen. Es glich einem Verlies. Die kahlen steinernen Wände waren steil und glatt. Etwa zwei Meter über ihr war die Luke, durch die sie Stunden früher hierhergelangt war. Darunter befand sich ein großer Strohhaufen, der ihren Sturz abgefangen hatte. Briana war die Wände entlanggegangen und hatte sie mehrfach systematisch abgetastet, doch sie konnte keinen alternativen Ausweg außer der Luke finden. Da sie bisher weder in ihrem Versteck noch in dem Wohnraum über sich eine Leiter gesehen hatte, fragte sie sich allmählich, wie sie hier jemals wieder rauskommen sollte. Ihr unbekannter Retter hatte ihr nach einer Weile eine Flasche Wasser und später einen Apfel runtergeworfen, doch das war auch schon der ganze Kontakt, den sie zur Außenwelt gehabt hatte.

Briana überlegte gerade, ob sie ihr Versteck langsam lieber Verlies oder Kerker nennen müsste und ob sie ihren Retter wirklich als solchen bezeichnen konnte, nur um sich selbst ihre missliche Lage einzugestehen, als die Luke erneut geöffnet wurde. Geschmeidig wie eine Katze landete der Unbekannte neben ihr.

Er bräuchte nicht einmal einen Strohhaufen, um sicher zu landen und ich bin hier reingefallen wie ein Sack Mehl!

Jetzt war Briana dankbar für die Dunkelheit, so konnte er die Röte nicht sehen, die sich schon wieder in ihr Gesicht geschlichen hatte. Dann viel die Luke krachend zu. Sie waren eingesperrt.

4

„ Unter der Herrschaft der Auserwählten wird die verborgene Welt entweder zu neuer Größe emporsteigen, oder im Chaos versinken. Vermutungen im Anhang II. "

- aus „Die Auserwählte – Fluch oder Segen?" von Leonardo Di Rosso

Der unbekannte Retter war zielstrebig auf eine der Steinwände zugegangen. Mit geübten Griff hatte er einen Stein nach hinten in die Wand gedrückt, wobei sich ein schmaler Durchgang offenbarte. Mit eingezogenem Kopf eilte er voran, Briana folgte ihm. Wenig später zog er an einem kleinen Hebel und die Wand hinter ihnen verschloss sich wieder. Der Tunnel führte sie etwa zehn Minuten lang in wirrem Zickzack durch die Erde, dann erreichten sie eine Treppe. Wieder folgte sie ihrem Retter und er stemmte eine Falltür auf wodurch Briana endlich wieder unter freiem Himmel war. Sie sah eine kleine Hütte und einen Pferch. Er lief bereits voran und verschwand in der Hütte. Bevor Briana die Hütte erreichte kam er mit Sattel und Zaumzeug zum Pferch. Mit geübten Händen sattelte er zwei der vier Pferde und ging dabei in so liebevoller Weise mit ihnen um, dass Briana ihm nur verträumt zusehen konnte. Als er fertig war überkam Briana die Panik. Sie war noch nie auf einem Pferd gesessen. Als sie es ihm sagte stöhnte er kurz auf und verschwand erneut in der kleinen Hütte. Er kam mit einem Strick wieder und band ihr Pferd an seinen Sattel. Dann half er Briana aufs Pferd und stieg dann selbst auf. Im Schritt ritten sie in die Dunkelheit hinein. Noch nie in ihrem Leben hatte Briana eine solche Dunkelheit erlebt. In der Stadt, egal zu welcher Uhrzeit, war immer irgendein Licht zu sehen. Ob Straßenlampe, Autoscheinwerfer oder ein einzelnes erleuchtetes Fenster irgendwo im dritten Stock. Doch hier war kein Licht. Sie sah nicht einmal ihre eigenen Hände und sie war froh, dass sie ihr

Pferd nicht lenken musste. Sie saß nur auf seinem Rücken und umklammerte den Griff vorne am Sattel. Sie war dankbar, dass sie nur so langsam ritten sonst wäre sie vermutlich schon längst auf dem Boden gelandet. Hin und wieder wechselte ihr Retter die Richtung, ansonsten ritten sie schweigend nebeneinander durch die Nacht. Sie fragte sich wie die Pferde so sicher auf dem Untergrund laufen konnten, den sie ja auch nicht sahen. Zuerst hatte sie es genossen, schweigend neben ihm zu reiten. Seine Anwesenheit zu wissen. Die Muskeln ihres Pferdes bei jedem Schritt zu spüren. Sie konnte ihren Gedanken nachgehen und versuchen Antworten auf ihre unendlich vielen Fragen zu finden, doch nach einer Weile wurde ihr langweilig. Sie hatte keine Antworten auf die Fragen und das Schweigen wurde ihr unangenehm. Sie hatte keine Kontrolle über ihr Pferd oder den Weg, den sie nahmen. Sie sah noch nicht einmal, wohin sie ritten und all diese Ungewissheit braute sich in ihrem Magen zu einer Übelkeit zusammen. Als sie kurz davor war sich übergeben zu müssen brachte sie endlich den Mut auf das Schweigen zu durchbrechen.

„Wer bist du?" Die Frage war simpel und doch lag ihr so viel daran. Sie hatte nicht gemerkt, wie wichtig ihr die Frage war und sie hatte nicht vorgehabt diese Frage erneut zu stellen und doch war es die Einzige, die ihr logisch erschien, um Vertrauen zu ihm aufzubauen. Und da viel es ihr auf. Das tat sie bereits. Sie vertraute ihm mit ihrem Leben und sie war seinen Aufforderungen blind und naiv gefolgt. In das Versteck war sie gesprungen, ohne zu wissen, wie tief es war und wo sie landen würde. Sie hatte dort ausgeharrt, allein im Dunkeln, weil er ihr gesagt hat sie solle es tun. Sie war ihm durch den dunklen engen Tunnel gefolgt, ohne auch nur eine Sekunde zu zögern und nun saß sie auf einem Pferd und ließ sich von ihm Führen ohne einen Schimmer, wohin sie überhaupt ritten. Und obwohl sie eigentlich Furcht empfinden sollte, zumindest jetzt als sie bemerkte, wie blind sie ihm folgte, empfand sie diese nicht. Ganz im Gegenteil. Es beruhigte sie, dass sie nicht die Kontrolle hatte. Sie musste sich nicht darum kümmern, wohin sie gingen und zum ersten Mal seit langer Zeit lag die Verantwortung nicht bei ihr. Sie fühlte sich schon fast wie ein Kind, dass sorglos und ohne einen Gedanken zu verschwenden seinen Eltern folgt und sein Vertrauen und seine Hoffnung, ja auch alle Ängste und Probleme an sie gibt und dadurch einfach nur frei ist. Und sie wurde traurig davon, denn dieses Gefühl hatte sie davor noch nie gespürt.

„Das ist unwichtig", seine Stimme ließ sie vor wohltuend erschaudern.

Wie kann er allein durch seine Anwesenheit und seine Stimme solche Gefühle bei mir hervorrufen? Wie kann ich ihm vertrauen, obwohl ich nichts über ihn weiß?

„Ich bring dich zu dem Haus auf dem Foto. Aber weiter werde ich dir nicht helfen."

„Kannst du mir wenigstens ein paar Antworten auf meine Fragen geben?" Sie sah ihn flehend an, denn die Ungewissheiten nagten beständig an ihr und sie hoffte er würde verstehen, wie dringend sie Antworten brauchte.

Schweigen.

„Bitte!"

Schweigen.

Warum ist er so stur?

„Weißt du, ob in dem Haus jemand lebt?"

„Ja."

Das ist alles? Da ist sogar Patric gesprächiger gewesen.

„Erzählst du mir etwas über das Haus oder muss ich dir alles aus der Nase ziehen?"

„Das Haus ist eine Zentrale unserer Welt. Die Leiterin der Zentrale ist Katherin. Sie ist eine weise Frau gewesen. Und sie hat geglaubt. Mehr als vermutlich irgendjemand anderes auf der gesamten Welt."

Noch mehr Fragen. Was war mit ihr geschehen?

„An was hat sie geglaubt?" Die Spannung war kaum auszuhalten. Sie bekam ein paar Antworten. Wenige und sie warfen nur noch mehr Fragen auf und doch hatte Briana das Gefühl, sie würde einer wichtigen bedeutenden Sache auf den Grund kommen.

Stille.

„An was hat sie geglaubt?"
„An dich."

Das Gespräch war damit beendet gewesen. So sehr sie auch versucht hatte noch mehr aus ihm herauszuholen er hatte sich in tiefes Schweigen gehüllt. Ewigkeiten waren sie still durch die Finsternis geritten. Einmal war sich Briana sicher, einen Fluss oder großen Bach gehört zu haben, doch es war nur kurz gewesen, dann hatten sie sich wieder davon entfernt. Sie hatte sich an die Bewegungen des Pferdes gewöhnt und hatte sich nach einer Weile getraut den Griff loszulassen. Immer wenn sie eine Welle der Müdigkeit überrollte streichelte sie den Hals ihres Pferdes und war erstaunt über seine Ausdauer. Sie waren schon fast die ganze Nacht durchgeritten. Nur langsam aber doch waren sie bestimmt ein gutes Stück vorangekommen. Briana wünschte sie könnte sehen, wie es um sie herum aussah. Sie hatte gelesen, dass der Nationalpark eine wirkliche Schönheit war und gleichzeitig konnte sie nicht mit Sicherheit wissen, dass sie sich noch in dem Nationalpark befand. Sie brannte danach noch mehr Fragen zu stellen, doch sie wusste nicht welche. Am liebsten hätte sie ihn darum gebeten ihr alles zu erklären, doch sie wusste, dass er der Bitte nicht nachkommen würde. Es würde nur veranlassen, dass er noch weniger Lust hatte zu reden. Sie musste ihre Fragen sorgfältig auswählen. Überlegen was Schlüsselfragen und was in seinen Augen unwichtige Fragen waren. Er würde ihr nichts über sich erzählen, dessen war sie sich sicher. Also musste sie Fragen wählen, die so wenig wie möglich mit ihm zu tun hatten. Aber woher konnte sie wissen mit was er etwas zu tun hatte und mit was nicht.

Jetzt trau dich endlich. Mehr als weiter zu schweigen kann er sowieso nicht machen. Oder doch?

„Was ist das Besondere an dem Haus?"
„Warum denkst du, dass an dem Haus etwas besonders ist?"
„Ich weiß es nicht. Es ist ein Gefühl. Ich habe das Foto gesehen

und musste einfach mein ganzes Leben wegschmeißen, nur um das Haus zu finden."

Kurz schwiegen sie beide.

„Dafür muss es einen Grund geben", fuhr Briana dann fort. „Was ist besonders an dem Haus?"

„Es hat Geschichte. Geheimnisse, wenn du so möchtest."

Ernsthaft? Mehr nicht? Das es Geheimnisse hat ist doch klar. Das alles hier ist ein riesiges Geheimnis!

„Was für Geheimnisse?"

„Es liegt nicht an mir dir alles zu erklären. Das ist weder meine Aufgabe noch habe ich Lust es zu tun." Seine Stimme hatte ihre Wärme verloren. Sie war kalt, distanziert. Beinahe abweisend. Wütend schwieg Briana. Wieso benahm er sich so? Sie wollte doch nur wissen was sie hier tat. Ein wenig bereute sie ihre Entscheidung hierher zu kommen. Doch war es nicht genau ein solches Abenteuer, das sie sich so sehnlich erhofft hatte? Ein Abenteuer, bei dem sie vor Rätseln stand, dass ihr Fragen stellte und Rätsel, die sie lösen musste. Aufgaben die sie bewältigen musste und neue Bekanntschaften, die sie mehr forderten als ihre eintönige Beziehung mit Patric. Ihre Wut verblasste. Sie musste sogar ein wenig schmunzeln. Neben sich konnte sie schemenhaft seine Umrisse erahnen. Sein Pferd war etwas größer als ihres und da er an sich schon gut zwei Köpfe größer war als sie musste sie nach oben schauen, um seine Augen zu finden. Sie beobachtete ihn kurz. In der Morgendämmerung konnte sie seine Statur sehen. Seine aufrechte Haltung. Sofort setzte auch sie sich aufrechter hin. Die Zügel hielt er locker in der linken Hand. In der rechten hielt er den Strick, mit dem er ihr Pferd führte. Seine Augen sahen abwesend in die Ferne und doch wusste sie instinktiv, dass er in keiner Weise abwesend war. Er war wachsam und angespannt. Briana konnte nicht anders als sich zu fragen, warum er so wachsam war. Sie waren allein mitten im nirgendwo. Wer sollte ihnen hier begegnen. Die Frage war naiv und dumm, das wurde ihr in dem Augenblick bewusst als sie sie gedacht hatte und sie war froh, sie nicht laut ausgesprochen zu haben. Warum wusste sie nicht, doch ihr lag viel daran, dass er sie nicht für dumm oder schwach hielt.

Ruckartig blieb ihr Pferd stehen. Sie sah um sich, konnte jedoch nichts erkennen. Er schien es anders zu sehen, denn er machte ihren Strick los. Er sah sie an und seine Augen strahlten eine Ruhe und Entschlossenheit aus, die ihr die ankommende Panik sofort nahm.

„Immer geradeaus durch den Wald. Du kommst an einen kleinen Bach. Reite grade durch. Dann kommt eine Lichtung. Da steht das Haus." Seine Stimme war bestimmt und leise. Er duldete keine Widerworte und keine Fragen.

Briana nickte.

„Kommst du nicht mit?", sie wusste die Antwort und trotzdem hoffte sie, sie möge sich irren. Doch da schossen zwei Reiter aus dem Wald hinter ihnen. Sie mussten sich die anderen zwei Pferde aus dem Pferch genommen haben und im Gegensatz zu Briana konnten sie reiten. Schnell kamen sie näher. Briana nahm die Zügel in die Hand. Die kalten dünnen Lederbänder fühlten sich ungewohnt an und sie wusste nicht, wie sie sie nutzen sollte. „Nimm sie etwas kürzer. Zieh nicht an ihnen, sonst wirft er dich ab." Seine Augen sahen sie beruhigend an, dann gab er dem Pferd mit der flachen Hand einen Klaps auf die Flanke. Briana spürte das Zucken, das den Körper des gewaltigen Tieres durchdrang. Dann schossen sie los und wurden augenblicklich von der Dunkelheit verschluckt.

Mit einem Aufschrei klammerte Briana sich wieder an dem Griff fest und versuchte mit aller Kraft sich oben zu halten. Sie sah aus dem Augenwinkel wie ihr Retter den nahenden Reitern entgegenschoss. Schnell und furchtlos und Briana beneidete ihn um diese Furchtlosigkeit. Sie selbst merkte, wie sie nicht einmal annähernd den Rhythmus ihres Pferdes übernahm. Hart kam sie Sprung für Sprung auf seinem Rücken auf und fragte sich, wie lang er sie noch auf sich dulden würde. Sie nahm die Zügel etwas kürzer, so wie ihr Retter es ihr gesagt hatte. Panisch versuchte sie nicht bei jedem Galoppsprung an ihnen zu ziehen. Sie beugte sich vor, umklammerte mit der rechten Hand den Griff und mit der Linken die Zügel. Sie rasten tiefer und tiefer in den Wald hinein. Äste peitschten ihr gegen den Körper. Sie hielt den Kopf gesenkt und hoffte ihr möge kein Ast ins Gesicht klatschen. Die Hiebe fühlten sich wie Peitschenschläge an und sie sehnte das Ende des Waldes herbei. Doch dem war nicht so. Schnell wich das Pferd den Bäumen aus. Galoppierte in Schlangenlinien um sie herum. Briana wusste nicht, ob sie noch in die richtige Richtung liefen, aber sie konnte es auch nicht ändern. Also vertraute sie dem Pferd. Ließ es laufen, so schnell es wollte. Wenn sie ihre verkrampfte Hand vom Griff nehmen würde, wäre sie schneller auf dem Boden als sie blinzeln konnte, dessen war sie sich sicher. Und so klammerte sie sich immer panischer an dem Griff fest. Ihr Pferd schien ihre Angst zu spüren, denn es legte nochmal an Tempo zu. Es wich einem Baum vor ihnen aus und Briana schleuderte es beinahe aus dem Sattel. Dadurch wurde sie aus ihrem Rhythmus gebracht und sie merkte, dass sie sich jetzt im gleichen Rhythmus mit dem Pferd befand. Seine gleichmäßigen Galoppsprünge fühlten sich nun nicht mehr holprig und hart, sondern weich und geschmeidig an. Jetzt, mit dem Pferd verschmelzend, hatte sie keine Angst mehr zu fallen. Sie passte sich seinen Bewegungen an. Bald spürte sie, wenn das Pferd kurz davor war die Richtung zu ändern und sie passte sich an. Legte sich in die Kurven. Sie fing an den Ritt zu genießen. Sie duckte sich unter den Ästen hindurch und fühlte sich so frei, als die Bäume an ihnen vorbeirasten. Sie vertraute ihrem Retter, dass er die Angreifer von ihr abhalten würde und es gab nur noch den Wald um sie herum und das Pferd. Die Bäume wurden lichter und vor ihnen tauchte ein breiter Bach auf. Sie konnte sehen, dass er nicht tief war. Ganz von alleine fiel das Pferd in Trab. Das Wasser spritzte hoch auf, als der Hengst ohne zu zögern hindurchlief. Auf der anderen Seite führte eine Böschung hinauf und die Bäume verschwanden fast gänzlich. Der Hengst trabte Die Anhebung hinauf und Briana wurde in der neuen Gangart gehörig durchgeschüttelt. Mittlerweile ging die Sonne auf und als sie endlich die Spitze der Böschung erreicht hatten sah sie vor sich eine Lichtung. Auf ihr stand das Haus und im Morgenrot der aufgehenden Sonne fühlte Briana sich so frei und unbekümmert wie noch

nie in ihrem ganzen Leben. Sie richtete sich im Sattel auf und das Pferd wurde immer langsamer, bis es ganz stehenblieb. Sie standen ganz ruhig. Kein einziger Muskel zuckte, kein Laut war zu hören. Briana starrte das mysteriöse Haus an. Es war ein großes, u-förmig gebautes Steinhaus. Umgeben von einer hohen Steinmauer konnte sie nur den oberen Teil der mit Efeu überrankten Fassade sehen. Sie fühlte dieselbe Anziehung wie auch auf dem Foto nur etwa einhundert Mal so stark. Der Hengst spannte die Muskeln an. Blieb geduldig stehen und doch spürte Briana all seine Kraft. Seinen Wunsch zu rennen. Über die Lichtung hin zu dem Anwesen. Schneller als der Wind. Und sein Wunsch war ihrer. Sie nahm die Zügel wieder auf, atmete tief durch und beugte sich vor. Leicht drückte sie dem Hengst ihre Fersen in die Seite und mit der Kraft eines gewaltigen Katapultes schoss er los. Seine Sprünge waren groß und raumeinfordernd. Sie rasten über die weite Fläche, ihrem Ziel entgegen. Und Briana fühlte eine kaum auszuhaltende Freude und Sehnsucht. Sie spürte, wie sie der Lösung all ihrer Einsamkeit und Traurigkeit entgegenritt. Sie fühlte sich erlöst und frei.
Sie war zu Hause.

5

„Diese Zentrale ist mein Leben. Und das Leben mein größter Schatz."

- Katherin die Weise; Rajan der verborgenen Welt von 1764 bis 2023

Briana hatte das Schloss der Mauer mit einer Haarnadel öffnen müssen. Entgegen ihrer Vermutung und Hoffnung hatte der kleine silberne Schlüssel, den sie mit dem Brief bekommen hatte, nicht gepasst. Jetzt stand sie vor dem schweren eisernen Tor, das sie nur mit geballter Kraft hatte aufstemmen können. Vor ihr breitete sich das geheimnisvolle Anwesen in seiner ganzen Größe aus. Es hatte zwei Stockwerke und in seinem Dach mehrere Erker und Nischen. Es sah so verwunschen aus mit dem ganzen Efeu und den rankenden Rosen am Boden. Um das Anwesen herum befanden sich ein gemähter und gut gepflegter Garten und vereinzelte Bäume. Ein Kiesweg führte von dem eisernen Tor bis zum Anwesen. Die Bäume neben dem Kiesweg bildeten durch ihre gleichmäßige Größe und Abstände zueinander eine wunderschöne Allee. Zaghaft nahm Briana die Zügel des Hengstes und führte ihn auf das Grundstück. Nachdem sie das schwere Eisentor zugeschoben hatte, nahm sie dem Pferd Sattel und Zaumzeug ab und legte beides neben das Tor. Der Hengst fing sofort an zu grasen und entfernte sich langsam immer weiter von ihr. Briana fühlte sich wie eine Einbrecherin. Das Anwesen gehörte ihr nicht mit Sicherheit, auch wenn Katherin das in ihrem sonderbaren kurzen Brief geschrieben hatte und es lebte hier eindeutig jemand. Sonst wäre der Rasen nicht so gut gepflegt. Langsam schlenderte sie den Kiesweg entlang. Am liebsten wollte sie sich in den Schatten unter einen der Bäume legen und ein wenig schlafen, doch sie wollte nicht vom Eigentümer erwischt werden, wie sie faul in seinem Garten lag. Sie erreichte das Ende der Alle. Vor ihr standen ein kleiner eiserner Gartentisch und zwei geschwungene Stühle.

Auf beiden Seiten des Tisches führten breite Steintreppen bis zur hohen Eingangstür aus massivem dunklem Holz. Die breite Treppe bildete einen perfekt geformten Halbkreis um den Tisch. Vorsichtig ging Briana eine der Treppen nach oben. Sie stand auf einem kleinen Vorplatz. Vor ihr die große Eingangstür, zu ihren Seiten die breiten Treppen und in ihrem Rücken das wunderschöne Grundstück. Briana konnte keine Klingel neben der Tür finden und so nahm sie zögernd den großen eisernen Türklopfer in die Hand. Dreimal schlug sie damit an die Tür. Obwohl sie dieses mehrfach wiederholte blieb die Tür verschlossen. Nachdem sie einige Minuten vor der wunderschön verzierten Tür gewartet hatte, ging Briana die breite Treppe wieder nach unten, dann fing sie an, um das Gebäude herumzugehen. Sie erreichte die erste Ecke. Alle Fenster befanden sich zu hoch als dass sie hätte hineinschauen können. An der Wand unter den riesigen Sprossenfenstern wuchsen wunderschöne Rosen an weißen Holzranken empor. Briana ging auch die Seite des Anwesens entlang, dann kam sie in den hinteren Teil des Geländes. Das Gebäude bildete ein großes U und in dem davon eingeschlossenen Raum befand sich eine wunderschöne Terrasse. Die Decke bildete ein Meer aus Rosen, welche an eisernen Bögen entlangrankten. Der Boden war aus hellem Stein. Auf der Terrasse stand ein riesiger runder steinerner Tisch mit vielen Stühlen. Die Hauswand, die an die Terrasse grenzte, hatte eine breite Fensterfront und eine große Glastür. Briana ging zu einem der Fenster. Sie nahm einen Stuhl und stieg darauf. Durch das Fenster sah sie in eine Art Speisesaal. Ein langer dunkler Esstisch stand in der Mitte des Raumes. An den Wänden hingen Spiegel und Wandlampen. An der Decke hingen vier majestätische Kronleuchter, deren Glastropfen in der aufgehenden Sonne glitzerten. Die mit Malereien verzierte Decke war sehr hoch. Briana schätzte sie auf eine Höhe von etwa vier Meter. Der Boden war mit weißem Marmor gefliest und zusammen mit der hellen Wandfarbe und den Spiegeln wirkte der Saal schier unendlich groß. Sie musste diesen Saal betreten. Sich das Anwesen von Innen anschauen. Sie musste einfach. Aufgeregt lief sie zurück zur großen Eingangstür und hämmerte ungeduldig mit dem Türklopfer dagegen. Niemand öffnete ihr. Neben der steinernen Treppe graste der Hengst. Sein braunes Fell glänzte im Sonnenlicht und er sah so friedlich und entspannt aus. Seine Ruhe griff auf Briana über und sie schöpfte Mut daraus. Kurzerhand nahm sie den Schlüssel hervor, den sie an einer silbernen Kette um den Hals getragen hatte. Kurz betrachtete sie das verschnörkelte K auf seinem Griff. *Katherin,* dachte Briana. Dann steckte sie den Schlüssel ins Schloss und hörte mit Genugtuung das Klicken der sich öffnenden Tür.

Nach kurzem Zögern war Briana in die große Empfangshalle getreten. Auch hier riefen Spiegel und die hohe verzierte Decke ein Raumgefühl der unendlichen Weite hervor.

„Hallo?", zögernd ging Briana durch die Empfangshalle. Vor ihr befand sich eine große Doppeltür und sie öffnete sie. Vor ihr lag der Speisesaal, den sie bereits von außen gesehen hatte. Er erschien ihr noch größer als sie sich in ihm befand. An der Stirnseite des Zimmers befand sich ein schwarzer glänzender Flügel. Ihm gegenüber an der anderen Stirnseite war eine weitere Tür. Briana schlenderte durch den Raum und lugte durch den Türspalt. Sie sah eine Küche. Kleiner als erwartet und doch mindestens fünfmal so groß wie ihre eigene Küche in Paris. Nachdem sie die Deckenmalerei des Speisesaals einige Minuten bewundert hatte verließ sie den Speisesaal auf dem gleichen Weg, auf dem sie ihn auch betreten hatte. Diesmal ging sie von der Empfangshalle aus in einen der Seitenflügel. Ein langer Korridor erstreckte sich vor ihr. An seinen Seiten zählte Briana vier Türen auf jeder Seite. Zwischen den Türen befanden sich Nischen, die an den großen Sprossenfenstern endeten, die Briana schon von außen bewundert hatte. Vor jedem Fenster befand sich eine gemütlich aussehende Sitzgelegenheit und Briana verspürte den Drang sich auf einer solchen niederzulassen und die Aussicht aus dem Fenster zu genießen. Doch das restliche Anwesen lockte sie mehr. Sie ging den Korridor entlang, klopfte an eine der Türen und öffnete sie nach kurzem Warten. Hinter jeder Tür verbarg sich ein geräumiges Zimmer mit abgetrenntem Sanitärbereich. Die Zimmer waren gemütlich und elegant eingerichtet. In jedem standen ein gut ausgestattetes Bücherregal und eine breites

gemütlich aussehendes Podest vor dem Fenster. Das Bett sah bequem und groß aus und von der Decke hing ein Kronleuchter herab. Die Zimmer sahen allesamt identisch aus und Briana ging in den zweiten Seitenflügel. Hier fand sie dieselben Zimmer vor, allerdings wiesen diese Gebrauchsgegenstände auf. In dem ersten Zimmer, das sie im rechten Seitenflügel des Anwesens betrat, sah Briana einen großen Schreibtisch aus Ebenholz. Auf ihm standen ein Laptop und ein großer Bildschirm. An der Wand dahinter hing eine große Tafel. Auf ihr waren verschiedene Notizen und Fotos zu sehen. Auf dem Fenstersims stand ein Globus, im Bücherregal befanden sich Sachbücher zu allen erdenglichen Themengebieten. An der Wand befand sich eine große Schiebetür mit Spiegelfront. Vorsichtig schon Briana sie auf und entdeckte einen riesigen Kleiderschrank voller gemütlich aussehender Jogginghosen, schwarzen engaussehenden T-Shirts und Hosen, weißen Hemden, Anzügen und Polo-Shirts in allen erdenklichen Farben. Auf dem Boden standen fein säuberlich aufgereiht verschiedene Schuhe. Briana zog den Schrank wieder zu und ging in den nächsten Raum. Hier standen verschiedene Trainingsgeräte herum Es gab keinen Schreibtisch, stattdessen stand an der Stelle ein Laufband. Wer auch immer hier wohnte war äußerst sportlich. Der Kleiderschrank beinhaltete jedoch sehr ähnliche Kleidungsstücke und auch das Bücherregal wies einen hohen Anteil an Sachbüchern auf.
Im dritten Zimmer hielt Briana sich nicht lange auf. Sie hatte nur kurz die Tür geöffnet und sofort waren ihr die Waffen aufgefallen, die überall verteilt an den Wänden hingen. Wo war sie hier nur gelandet? Das letzte Zimmer auf der rechten Seite war verschlossen gewesen und obwohl Briana sich sicher war, dass der kleine silberne Schlüssel es öffnen konnte, wagte sie es nicht. Auf der linken Seite des Korridors waren ebenfalls Wohnräume gewesen. Sie gehörten Frauen, denn als Briana die Kleiderschränke öffnete sah sie neben Trainingsanzügen und schwarzer Kleidung wunderschöne Abendkleider. Bodenlang und in allen Farben. Andere waren in etwa knielang. Daneben hingen feine Hosen und elegant geschnittene Mäntel. Auf dem Boden standen neben bequemen Schuhen auch High Heels. Wenn Briana davor schon Aufregung

verspürt hatte, war diese nun kaum noch auszuhalten. Sie wusste nicht was hier vor sich ging und dass sie die Zimmer alle leer vorgefunden und bei ihrer gesamten Haus Tour nicht eine einzige Menschenseele getroffen hatte bereitete ihr ein mulmiges Gefühl. Katherin, wer auch immer das war, wollte dass sie hier war. Doch wollten das auch die Menschen deren Zimmer sie gerade besichtigt hatte als befände sie sich auf einer Ausstellung? Was war das für ein verschlossenes Zimmer? Briana beschloss das Haus zu verlassen und draußen bei dem Pferd zu warten, bis die Bewohner zurückkamen. Schlimm genug, dass diese sie auf ihrem Grundstück vorfinden würden, es musste nicht auch noch in ihrem Haus sein. Briana ging den Korridor entlang und kam über eine der zwei Wendeltreppen zurück ins Erdgeschoss. Sie wollte gerade die Tür zur Empfangshalle öffnen als sie aus dem Augenwinkel eine Bewegung wahrnahm. Sie fuhr herum, doch bevor sie irgendetwas erkennen konnte, spürte sie den stechenden Schmerz am Hinterkopf. Um sie herum wurde alles schwarz.

6

„Diese Welt muss geschützt werden. Alles an ihr. Und alles steht in Büchern. Wir müssen die Bücher sammeln und für die Menschheit erhalten. Du, Cristan, holst die Flamme aus Nandana. Wir anderen ebnen auf der Welt den Weg. Alles wird bereit sein, wenn du wiederkommst. Unsere Aufgabe hat Ehre und Sinn. Ich freue mich, Bruder, auf den Moment des Wiedersehens."

- Gründervater Oswald, Gespräch der Gründerväter, 4000 v. Chr.

Ich lauerte in der Dunkelheit und ließ sie nicht aus den Augen. Nicht für eine einzige Sekunde. Ich beobachtete, wie sie die Zentrale K umrundete. Katherin hat mich enttäuscht, dachte ich unweigerlich. Jetzt liegt es an der sogenannten Auserwählten, einem jungen, unerfahrenen Mädchen, Oswalds Fehler wieder gut zu machen und die Welt zu retten. Wie konnte ich das zulassen? Ich vertraute nun drauf, dass ein Kind meine Aufgabe übernahm und es vollendete. Auch wenn ich nicht bestreiten konnte, dass ich ihre Macht und Magie schon jetzt deutlich spürte, dass ich unsere Verbindung bereits in meinen Adern spürte, war sie doch schrecklich unerfahren. Meine Magie, so mächtig sie auch war, half nichts, wenn niemand an mich glaubte. Ich würde sie nicht aus den Augen lassen. Ich werde über sie wachen und ihr Helfen. Wenn sie die Seite wechselt oder zu scheitern droht, dann aber werde ich über sie richten müssen. Es hängt so viel an ihrer Mission. Das Wohlergehen der gesamten Menschheit hängt davon ab. Zu meiner Enttäuschung unterrichtet sie ein junger Mann von gerade einmal 285 Jahren. Er hat kaum Erfahrung und sein Wissen ist noch begrenzter. Wie kann er sie lehren und vorbereiten, wenn er selbst nicht begreift, was für eine Macht von ihr ausgeht? Aber vielleicht ist es gut, dass keiner von Ihnen das wahre Ausmaß erkennt, das nimmt ihnen den Druck. Ja, ich werde über sie alle wachen. Aus dem Schatten heraus werde ich Hüter und Henker sein. Ich werde richten und begleichen, was zu begleichen ist. Ich werde mich rächen. Ich werde die Menschheit rächen an Oswald dem Verräter. An Oswald, der von der verborgenen Welt als Held gefeiert wird. Ich werde mich rächen, an Oswald dem Teufel.

7

„Wenn man das Unmögliche ausgeschlossen hat, muss das, was übrigbleibt, die Wahrheit sein, so unwahrscheinlich sie auch klingen mag."
- Sherlock Holmes

Nur langsam kam Briana wieder zu sich. Ihr Kopf dröhnte und ihr war schwindelig. An ihren Handgelenken spürte sie Fesseln, die ihr in die Haut schnürten, und der Stuhl, auf dem sie saß, war hart und unbequem. Hinter sich hörte sie das Klirren von aufeinanderschlagendem Metall und jemand lachte. Es war ein sympathisches Lachen und passte nicht zu dem Gefühl das Briana hatte. Sie blieb noch eine Weile mit geschlossenen Augen sitzen und wartete bis die Übelkeit sich ein wenig gelegt hatte, dann wollte sie sich in dem Raum umsehen. Doch als sie die Augen öffnete konnte sie nichts außer der Wand direkt vor ihr sehen. Den Geräuschen nach, die sie zuvor vernommen hatte, musste der Raum jedoch wesentlich größer sein. Sie hatte nicht lange Zeit darüber nachzudenken, wo sie war, denn in dem Haus von davor war sie ganz sicher nicht mehr, da ertönte ein durchdringender Pfiff. Sofort verstummte alles um sie herum. Stattdessen fasste jemand ihr an die Schulter und sie war von sich selbst überrascht, als sie es schaffte vor Angst nicht laut aufzuschreien. Dann traten zwei Männer vor sie. Einer trat direkt auf sie zu und blieb erst kurz vor ihr stehen. Er musterte sie aus zusammengekniffenen Augen. Briana gab keinen Mucks von sich.
„Wer bist du?", fragte der Mann sie.
„Ich bin Briana Parreira."
„Was hattest du in dem Haus zu suchen?" Der Mann war einen Schritt zurückgetreten als sie ihren Namen genannt hatte. Es wirkte beinahe so als wäre ihm ihr Name bekannt.
„Ich habe einen Brief bekommen mit einem Schlüssel zu dem

Haus. Also habe ich mich auf den Weg gemacht und habe das Haus gesucht." Briana kam sich so albern vor. Wie hatte sie glauben können, dass sie das Recht hatte in das Haus zu gehen, nur weil eine fremde Person ihr in einem seltsamen und fragwürdigen Brief von dem Haus geschrieben hatte? Sie wusste weder was für Feinde sie sich dadurch gemacht hatte, wer die Männer waren oder wo sie sich befand. Der Mann vor ihr sah sie ganz ruhig an. Er musterte sie von oben bis unten und Briana hatte das Gefühl als könne er direkt durch sie hindurchsehen. Dann nickte er dem Mann hinter sich zu. Er war ein gutes Stück größer und hatte pechschwarze Haut. Sein enges T-Shirt ließ seine Muskeln perfekt zur Geltung kommen und als er auf Briana zukam erzeugten seine Schritte kein noch so kleines Geräusch. Er ging um Briana herum und mit einem Schnitt war sie ihre Fessel los. Sie bewegte sich nicht. Blieb ruhig und still auf dem Stuhl sitzen und sah den Mann vor sich an. Obwohl er sie so ruhig musterte und im Vergleich zu dem dunkelhäutigen Mann echt klein wirkte erschien er Briana wie der Anführer und sie wollte ihn lieber nicht verärgern.

„Zeig uns den Schlüssel", seine Stimme war beinahe tonlos, doch dadurch wurde es umso deutlicher, welche Bedeutung dieser Schlüssel hatte. Vorsichtig zog Briana die Kette hervor an der der Schlüssel hing. Als sie ihn hochhielt, fing der dunkelhäutige Mann auf einmal an zu Lächeln.

„Sie ist es wirklich", sagte er dann, und Briana merkte, dass das sympathische Lachen zu ihm gehörte.

„Entschuldige bitte die Fesseln, Briana. Wir wussten nicht wer du warst und Vorsicht ist bekanntermaßen besser als Nachsicht." Er hielt ihr die Hand hin und half ihr hoch. Briana war überrumpelt von dem plötzlichen Stimmungswechsel. Sie wusste nicht, wie sie die Situation einschätzen sollte und so beschloss sie erst einmal gar nichts zu tun, sondern alles auf sich zukommen zu lassen. Der Mann lächelte ihr noch immer zu. Seine Augen glänzten vor Freude. Und es war nicht nur Freude die Briana darin erkannte. Es war Erleichterung, Hoffnung und Ungeduld in einem. Was auch immer ihre Ankunft für diese Menschen bedeutete, sie schienen lange darauf gewartet zu haben.

„Wie unhöflich von mir", seine dunkle Stimme, die beinahe wie das Schnurren einer Katze klang, forderte sofort ihre Aufmerksamkeit ein. „Ich bin Aleeke, Krieger von Zentrale K. Katherin hat uns erzählt, sie hätte dich gefunden. Du bist von deiner Reise sicherlich noch ganz erschöpft. Ich schlage vor wir besorgen dir erstmal etwas zu essen und ich erklär dir alles." Fragend sah er zu dem Anführer hinüber. Als dieser nach kurzem Zögern nickte führte Aleeke sie sanft, aber bestimmt zu einer kleinen Tür. Sie kamen in einen Gang, doch Briana hatte keine Zeit, um sich umzusehen. Sie passierten eine weitere Tür und standen dann vor einem Fahrstuhl. Die Gittertür schwang auf als sie sich ihr näherten und sie stiegen ein. Im Fahrstuhl gab es nur einen einzigen Knopf. Aleeke drückte ihn und die Fahrt ging los. Der Aufzug raste nach oben und Briana hatte das Gefühl ihr Magen würde sich umdrehen. Zuerst sah sie hinter der Gittertür nur normalen Beton, dann eine raue Felswand. Sie wusste nicht wie lang die Strecke war, sie kam ihr ewig lang vor, doch die Fahrt dauerte nur wenige Sekunden. Als sie oben ankamen hatte sie das Gefühl sie müsste sich übergeben, doch sie riss sich zusammen. Sie verließ vor Aleeke den Fahrstuhl und fand sich in einer kleinen Putzkammer wieder, die sie vorhin im Haus entdeckt hatte. Doch da war ihr kein Fahrstuhl aufgefallen. Als sie sich umdrehte schloss Aleeke gerade die Aufzugstür hinter sich und Briana erkannte, dass sich die Tür vom Muster her in keiner Weise von der Wand unterschied. Einem flüchtigen Blick viel die Tür somit gar nicht auf.

„Hier kennst du dich ja schon aus", lachte Aleeke. „Ich besorg dir etwas zu Essen. Findest du allein zum Speisesaal?"

Briana nickte. Sie fühlte sich wohl in diesem Haus und sie war erleichtert wieder zu wissen, wo sie sich befand. Sie fand den Weg zum Speisesaal ohne jegliche Probleme und ließ sich auf einem der bequemen Stühle nieder. Sie musste nicht lange warten, da wurde die Küchentüre aufgestoßen und eine rundliche, etwas ältere Frau schob einen Speisewagen in den Raum.

„Kindchen was haben die nur mit dir gemacht, du bist ja ganz blass!" Die Frau eilte zu ihr und stellte eine große Schüssel mit dampfender Suppe vor sie.

„Hast du ein Glück, dass ich gerade mit dem Kochen fertig war."

Sie lächelte Briana aufmunternd zu und stellte einen Brotkorb vor sie. Dazu kamen noch ein Obstteller und Wasser. Brianas Bauch knurrte. Vor lauter Aufregung hatte sie gar nicht bemerkt wie hungrig sie war.

„Wenn du noch etwas brauchst ich bin gleich wieder in der Küche. Ich bring nur kurz den anderen ihr Essen nach unten", die nette Frau lächelte ihr noch einmal kurz zu und drehte sich dann um.

„Danke Geta."

Briana fuhr zusammen. Sie hatte nicht gemerkt, dass Aleeke zu ihnen gekommen war.

„Aleeke?"

„Ja?"

„Kennst du Katherin?"

Kaum merklich zuckte er zusammen. „Ja." Kurz sah er ihr direkt in die Augen und sie blickten so traurig, dass Briana einen Kloß im Hals bekam. „Zumindest kannte ich sie."

Sie traute sich nicht nachzufragen was passiert war, doch das musste sie auch gar nicht. Nach einer kurzen Pause fuhr Aleeke fort. „Sie war unser Rajan, unser Anführer. Sie ist vor einem Monat gestorben." Er sah ihr direkt in die Augen. „Sie hat daran geglaubt die Auserwählte zu finden und sie war sich sicher, dass du es bist. Sonst hätte sie Cristan nie darum gebeten, dir den Schlüssel zu geben. Die Legenden über die Auserwählte sind schon immer nur Behauptungen eines Sehers gewesen. Ob man ihnen Glauben schenkt oder nicht, das muss jeder für sich entscheiden. Katherin hat an sie geglaubt wie andere an die Bibel glauben, ein paar von uns sehen das aber anders. Niemand hat etwas gegen dich, Briana, aber du darfst ihnen nicht verübeln, wenn sie dich nicht für die Auserwählte halten."

Auserwählte? Schon wieder? Von was denn überhaupt?

„Glaubst du es?"

„Ich weiß es nicht. Ich vertrau Katherin und wenn du die Auserwählte bist, steht dir Großes bevor. Esteban, er hat dir vorhin die Fragen gestellt, und ich werden dir auf jeden Fall helfen und keiner von uns aus Zentrale K wird dir im Weg stehen oder dir etwas tun. Aber es liegt an dir die anderen davon zu überzeugen dir zu folgen."

„Warum sollte mir jemand folgen? Ich weiß nicht mal was hier los ist." Verwirrt sah sie ihn an und er erkannte an ihrem Blick, dass sie wirklich nichts wusste.

„Warte, du weißt wirklich gar nichts?" Ungläubig starrte er sie an.

„Nein"

„Vielleicht ist es einfacher du erzählst mir, was du mittlerweile herausgefunden hast und ich erklär dir danach den Rest so gut ich kann." Aufmunternd sah er sie an.

„Okay. Also ich habe in Paris gelebt, mit meinem Freund. An einem Tag habe ich einen Umschlag gefunden. Darin befanden sich der Schlüssel, ein Foto von diesem Haus und ein kurzer und äußerst verwirrender Brief. Also bin ich hierhergekommen und hab das Haus gesucht. Ein Mann hat mir dabei geholfen, aber ich kann dir nicht sagen wer er ist und ob er noch lebt. Ich wurde verfolg und die Männer, die mich verfolgt haben, wollten mich glaube ich umbringen. Der Mann, der mir geholfen hat, erzählte mir, dass die Verfolger von der Hauptzentrale kommen und dass es für meine Ergreifung ein Kopfgeld gibt. Anscheinend bin ich irgendeine Auserwählte und Verräterin in einem und von einer Zentrale habe ich auch noch nie etwas gehört. Ich weiß nicht, wo ich hier hereingeraten bin, und ich weiß auch nicht, ob es die beste Entscheidung meines Lebens gewesen ist hierher zu kommen." Briana hatte sich in Rage geredet. Es tat so gut endlich mit jemandem darüber reden zu können, bei dem sie auch tatsächlich auf informative Antworten hoffen konnte. Aleeke schien zu verstehen was in ihr vorging. Kurz schaute er aus dem Fenster und schien in Gedanken ganz woanders zu sein. Dann räusperte er sich und fing an zu erklären.

„Es gibt eine verborgene Welt, Briana. Wir alle von Zentrale K, Katherin, die Männer, die dich umbringen wollten, dein Retter und nun auch du, gehören zu dieser verborgenen Welt. Zuerst sollten wir Gutes tun. Wir sollten Bücher auf der ganzen Welt sammeln und sie aufbewahren. Diese Bücher beinhalten so viel Wertvolles. Liebe, Erfahrungen, Geschichte, Verrat, Reue, Trauer. In Büchern verarbeiten Menschen das, was sie erlebt haben. Sie schreiben ihre Gedanken auf, warnen vor vermeintlich gefährlichen Dingen. Bücher sind Zeugnisse der Weltgeschichte und der Fantasie.

Kaum jemand erkennt die wahre Macht von Büchern. Sie lassen dich alles erleben, was du nur möchtest. Durch Bücher kannst du in fremde Länder, andere Galaxien oder andere Zeiten reisen. Du kannst Abenteuer erleben und mit ihnen wachsen. Bücher erfüllen Menschen, geben ihnen Kraft und Hoffnung. Ohne Bücher kann ein Mensch nicht sein. Diese verborgene Welt wurde vor etwa 6000 Jahren gegründet. Das klingt jetzt wahrscheinlich alles etwas verrückt und unglaublich für dich, aber am Ende wirst du es verstehen." Seine dunkle Stimme trug sie davon, während er erklärte und sie sah alles vor sich als sie ihm zuhörte. Sie wusste, wovon er sprach, obwohl sie es zuvor noch nie gehört hatte. Und obwohl es tatsächlich alles äußerst ungewöhnlich klang hatte Briana das Gefühl, als höre sie zum allerersten Mal in ihrem Leben die Wahrheit. Nichts anderes konnte wahr sein. Es existierte nur noch die verborgene Welt und die Geschichten die Aleeke ihr erzählte.

„Die Hauptzentrale kannst du dir in gewisser Weise als unsere Hauptstadt vorstellen. Dort leben unsere Anführer, und dort befinden sich die meisten Bücher. Früher hat die verborgene Welt ihre wahre und ursprüngliche Aufgabe gut erfüllt. Sie hat die Fantasie für die Menschen zugänglich gemacht. Menschen wurde schreiben und lesen beigebracht, mündliche Erzählungen wurden aufgeschrieben und für alle zugänglich gemacht. Der Buchdruck wurde erfunden und noch mehr Menschen konnten sich an Büchern erfreuen. Dadurch erblühte ein Leben, wie du es dir nicht vorstellen kannst. Egal wie grausam und schrecklich die eigentliche Welt war, durch Bücher konnten Menschen Wunder erleben. Ihre Fantasie wurde angefacht und sie konnten erleben was auch immer sie sich vorstellen konnten. Sie lebten, Briana. Das war das pure Leben. Hart und grausam und zugleich so unendlich weit und von einer Pracht und Schönheit die einen verstummen ließ. Die verborgene Welt weitete sich aus, als immer mehr Menschen Bücher schrieben und immer mehr Menschen auf der Erde lebten. Jedem sollte durch Bücher der Weg zur Fantasie und zur Erfüllung gezeigt werden. So entstanden mehr Zentralen. Wir sind eine der jüngsten Zentralen. Unsere Zentrale wurde erst vor etwa 250 Jahren gegründet und nach uns kamen nur zwei weitere

Zentralen dazu. Unsere Aufgabe ist es, Bücher zu sammeln und zu übersetzen. Wir übersetzen die Bücher in Sanskrit, eine der ältesten Sprachen der Welt, die Originalbücher werden für die Menschheit aufbewahrt. So sollte sichergestellt werden, dass die Menschheit immer genug Fantasie besitzt, um zu überleben. Du weißt, wie grausam die Welt ist. Es gibt Kriege, Krankheiten und den Tod. Ohne Fantasie, ohne Träume und ohne Hoffnung könnte kein Mensch lange auf dieser Welt existieren. Bücher geben Menschen genau das. In Büchern gibt es keine Grenzen. Nach der letzten Seite hört das Buch nicht einfach auf, stattdessen kann jeder Mensch die Geschichte für sich weiterspinnen. Soweit er möchte. In welche Richtung auch immer. Der Mensch kann Teil der Geschichte werden. In ihr versinken. Durch sie leben."

Aus traurigen Augen schaute Aleeke sie an. „Unsere Aufgabe ist eine ehrenvolle Aufgabe. Sie ist manchmal hart und eintönig, doch sie hat einen Sinn. Zumindest hatte sie das. Etwa achthundert Jahre bevor unsere Zentrale gegründet wurde hat ein Seher vorausgesagt, dass es ein Paradies außerhalb der Welt der Bücher gibt. Ein Paradies, indem man die wahre Erfüllung und die unendliche Freude erreicht. Wir nennen es Nandana. Die Königinnen der verborgenen Welt wollen dieses Paradies erreichen. Warum auch nicht. Es erscheint logisch und erstrebenswert und jeder der die Möglichkeit hat Nandana zu erreichen sollte es versuchen. Doch wenn du den Preis kennst, dann hörst du auf einem Traum nachzurennen, von dem du nicht sicher sagen kannst, dass er existiert. Um Nandana zu erreichen muss man alle Bücher auf dieser Welt besitzen und sie an der Pforte zu Nandana abgeben. Das klingt harmlos, doch das ist es nicht. Die Person, die ins Paradies kommt, würde alles erreichen was sie sich sehnlichst wünscht, doch die Menschheit wäre verloren. Bücher geben Macht und Hoffnung. Wenn es einer Person gelingen würde alle Bücher der Welt nach Nandana zu bringen würde die Menschheit keine Fantasie mehr besitzen. Gar keine, Briana. Dadurch gäbe es keinen Funken Hoffnung mehr. Keine Möglichkeit der Grausamkeit der Welt auch nur im Geringsten zu entkommen. Die Weisheit der Menschheit, die Erfahrung, die in Büchern überliefert wird wäre verloren. Die Welt würde in einen niemals endenden Krieg verfallen. Und da es keine Fantasie mehr gäbe, gäbe es auch keinen Ausweg aus diesem Krieg. Es könnte nichts Neues entstehen. Woher auch? Ohne Fantasie kann kein Mensch ein Haus errichten. Er wüsste nicht, wie es aussehen solle. Oder ein Buch schreiben. Wie soll der Mensch ein Gemälde anfertigen, wenn er sich nicht vorstellen kann, was schön ist. Wie kann der Mensch einen Ausweg aus dem Krieg und Leid finden, wenn er keine Fantasie besitzt, um sich vorzustellen, wie es sein könnte? Um sich vorzustellen wie Frieden ist?" Aleeke verstummte. Er wirkte so alt, dabei schätzte Briana ihn auf etwa zwanzig Jahre. In seinen Augen erkannte Briana Erfahrung und Resignation. Er hatte nicht aufgegeben, doch er schien zu wissen, dass sie kaum eine Chance hatten, um diesem Schicksal zu entgehen.

„Briana, manche sagen, dass es eine Auserwählte gibt, die die Königinnen der verborgenen Welt stoppen kann. Eine Auserwählte, die für die gesamte Menschheit kämpft und für sie die Fantasie und somit das gesamte Lebenselixier retten und bewahren kann. Diese Auserwählte bist du. Katherin hat damit angefangen die Hauptzentrale und die Königinnen auszubremsen. Wir sammeln Bücher und verstecken sie hier vor der Hauptzentrale. Wir versuchen zu verhindern, dass sie alle Bücher in die Finger bekommen und dann nach Nandana gelangen. Aber wir haben nicht mehr viel Zeit." Aleeke schien seine Erklärung beendet zu haben, doch Briana schwirrten noch unzählige Fragen im Kopf herum.

„Warum haben wir nicht viel Zeit?"

„Das liegt an Tejas, das ist Sanskrit und bedeutet so viel wie Kraft, Feuer, oder Flamme. Der Legende nach stammt diese Flamme aus Nandana und ist somit der einzige Beweis dafür, dass Nandana tatsächlich existiert. Jedenfalls macht Tejas uns unsterblich. Jeder Buchsammler schreibt jährlich ein Buch. Eine Seite für jeden Tag. Immer an Silvester, wenn alle Menschen das neue Jahr begrüßen, werden diese Bücher in Tejas, der Flamme aus Nandana, verbrannt. Dadurch altern wir nicht. Wir haben unter Katherins Leitung lange Zeit heimlich gegen die Hauptzentrale gearbeitet, doch vor einem halben Jahr haben sie unseren

Aufstand bemerkt. Die Strafe ist, dass unsere Unsterblichkeit nicht erneuert wird. Da die meisten von uns schon älter sind als ein Mensch normalerweise wird bedeutet das für sie, dass sie an Silvester sterben. Und mit uns die Hoffnung darauf, dass die Königinnen gestoppt werden können. Das ist in einem Monat. Deshalb rennt uns die Zeit davon. Wir haben einen Monat Zeit, um die Hauptzentrale zu stoppen. Wir wissen aber nicht, wo sie die Flamme aufbewahren, also wissen wir auch nicht, wo wir angreifen müssen."

„Wie viele Zentralen gibt es?"

„Mittlerweile gibt es vierundzwanzig Zentralen. Sie sind überall auf der Welt verteilt und die genauen Standorte werden größtenteils auch untereinander geheim gehalten. So schützen wir uns selbst. Wir kennen außer unserem Standort nur die große Zentrale in London und die Standorte von zwei weiteren Nebenzentralen."

„Wenn die Buchsammler doch eigentlich einen guten Zweck haben, warum wehren sich dann nicht mehr von ihnen gegen die Hauptzentrale?"

„Warum sollten sie, Briana? Sie haben das Versprechen bekommen, dass sie mit nach Nandana kommen. Das Paradies von dem jeder nur träumen kann. Und die wenigen, die berechtigte Zweifel an dem Versprechen hegen wollen sich nicht wehren, da sie genau wissen, dass sie dann nur noch maximal ein Jahr zu leben hätten. Obwohl wir schon sehr alt sind ist der Tod etwas, das wir fürchten. Das ist menschlich und man kann niemandem vorwerfen, dass er sein Leben retten möchte. Wir haben nur eine verbündete Zentrale in Alexandria in Ägypten. Die Hauptzentrale weiß nichts von diesem Bündnis und bisher steht das Leben von unseren Verbündeten noch nicht auf dem Spiel. Das kann sich allerdings jeden Moment ändern."

Briana rauchte der Kopf. Sie zweifelte zwar an nichts von dem was Aleeke ihr erzählte und doch war es viel zu verarbeiten. Die Welt so wie sie sie kannte war in Gefahr, und das Weltbild, das sie hatte, war nicht vollständig gewesen. Sie war nun Teil einer bedeutenden Sache und schien mittendrin in einem Widerstand zu sein, von dem sie bis vor ein paar Minuten keine Ahnung

gehabt hatte. Grob konnte sie das soeben gehörte schon zusammensetzten. Das Puzzle ihres neuen Lebens hatte nur noch vereinzelte kleine Lücken, die sie nun füllen musste.
„Wie genau pass ich in diesen Widerstand?", fragte Briana. Denn von allen Lücken, die sie füllen musste, war dies die dringendste.
„Du bist für den Widerstand die Auserwählte, für die Hauptzentrale die Verräterin. Baptiste der Seher hat 1894 ein Buch veröffentlicht. Es heißt „Die Vorhersagen der verborgenen Welt". Darin hat er von dir gesprochen. Seine Prophezeiung besagt, dass du den entscheidenden Kampf gegen die Hauptzentrale führen wirst und die Menschheit rettest. Danach ist es deine Aufgabe als Königin der verborgenen Welt zu agieren. Die Fantasie für die Menschheit retten und somit den Frieden bewahren. Keine leichte Aufgabe, wenn du mich fragst, aber wir helfen dir. Briana wir leben hier schon sehr lange und die Menschheit verliert immer mehr an Fantasie. Die großen pompösen Schlösser und Burgen von früher werden heute nicht mehr gebaut. Stattdessen werden Hochhäuser und platte kastenförmige Wohnungen gebaut. Massenkonsum und Profit ist großgeschrieben. Das Wohl des Einzelnen ist nebensächlich. Künstler haben es immer schwerer von ihren Werken zu leben. Die Menschen werden anspruchsvoller und merken in ihrem Rausch nicht, wie sie die wichtigen Dinge immer weiter aus ihrem eigenen Leben drängen. Sie können nichts daran ändern, sie merken es nicht einmal. Aber wir wissen davon und deshalb ist es unsere Pflicht das aufzuhalten."
Briana spürte eine ungeheure Last auf sich. Es schien tatsächlich an ihr zu liegen die Menschheit zu retten und doch hatte sie nicht die geringste Ahnung wie sie das anstellen sollte.
„Was ist, wenn ich das nicht kann. Was ist, wenn ich nicht die Auserwählte bin?" Diese Möglichkeit nagte an ihr und sie wusste, dass sie diese Zweifel nie ganz würde loswerden können.
„Dann gewinnt die Hauptzentrale. Du würdest wieder dein Leben führen müssen mit dem Wissen, dass da mehr ist. Mit dem Wissen, dass die Welt zugrunde geht. Oder die Hauptzentrale bringt dich um. Das ist wesentlich wahrscheinlicher. Und spätestens in ein oder zweihundert Jahren wird die Hauptzentrale ihr Ziel erreichen. Die Erde wird in einem nie endenden Krieg verfallen

und die Königinnen der verborgenen Welt werden mit ihrer Gefolgschaft entweder Nandana erreichen oder erkennen, dass dieses Paradies nicht existiert. So oder so, wir dürfen nicht scheitern." Aleeke sah Briana an und sie bewunderte seine Stärke und Entschlossenheit. Sie selbst hätte gerne diese Charakterzüge.

„Es ist spät, Briana. Ich würde vorschlagen ich zeig dir dein Zimmer und dann beantworte ich dir morgen weitere Fragen. Ich werde noch mit Esteban besprechen, wie wir weiter vorgehen werden. In Ordnung?"

Briana verbannte die weiteren Fragen und Proteste in ihrem Kopf und nickte. Dann folgte sie Aleeke zurück zu dem Seitenflügel in dem sie die bewohnten Zimmer gesehen hatte. Aleeke führte sie zu der Tür, die bei ihrer Hausdurchsuchung verschlossen gewesen war. Jetzt war sie jedoch offen und Briana konnte die Frau von vorhin darin sehen.

„Ich habe dir das Bett bezogen und im Schrank findest du Kleidung. Morgen gibt es um sieben Uhr Frühstück im Speisesaal. Ruh dich aus, morgen wird einiges auf dich zukommen." Die Haushälterin strich ihr mütterlich über die Wange, dann lächelte sie Aleeke verschmitzt zu und verließ den Raum.

„Ich wohn in dem Zimmer gegenüber, falls was ist kannst du jederzeit zu mir kommen", Aleeke nickte ihr freundschaftlich zu.

„Gute Nacht, Briana."

„Gute Nacht."

Briana lag noch lange wach. Sie musste die ganzen Neuigkeiten erst einmal sortieren. Die Bürde der vor ihr stehenden Herausforderung lastete schwer auf ihr. Sie wusste, dass sie in Aleeke einen Freund gefunden hatte und Esteban, zumindest hatte Aleeke das gesagt, würde ihr auch helfen. Aber die andern? Sie wusste nicht einmal wer die anderen waren. Und trotzdem sollte sie sie auf ihre Seite bringen. Sollte erreichen, dass sie ihr in einen Kampf folgten der höchstwahrscheinlich in ihrem Tod enden würde. Und doch war es ihre einzige Chance. Ein Monat. Das war nicht gerade lang. Sie wusste seit einer Stunde von dieser Welt und schon hatte sie so viel Verantwortung. Doch zum ersten Mal in ihrem gesamten Leben fühle sie sich vollständig. Der Teil in ihrer Seele, der immer gefehlt hatte, füllte sich. Angefangen mit ihrem unbekannten Retter, dessen Gesicht Briana in der Dunkelheit deutlich vor Augen hatte. Die Welt, Aleeke, ihre Herausforderung. Das alles erfüllte sie gleichermaßen mit Angst wie auch mit Freude und Zuversicht. Es würde sich von nun an alles ändern. Dies war das Abenteuer, das sie so sehnlich erwartet hatte.

8

„Die zunächst Unscheinbaren sind die, die mit
der Zeit die Bedeutendsten und Gefürchtetsten
werden können. Die Auserwählte zu
unterschätzen wäre der größte Fehler, den man
begehen könnte.“

- Aleeke, Krieger aus Zentrale K, aus seinem Tagebucheintrag an
dem Tag, an dem er der Auserwählten begegnete.

Pünktlich um sieben Uhr morgens trat Briana durch die
schwere Holztür in den Speisesaal. Die lange Tafel war an einer
Seite gemütlich gedeckt und Briana erkannte zumindest drei
bekannte Gesichter. Als sie die Tür hinter sich schloss spürte sie
die Blicke der anderen in ihrem Rücken. Bevor sie sich umdrehte
atmete sie tief durch, dann nahm sie all ihren Mut zusammen und
ging zu den anderen an den Tisch. Dankbar nahm sie wahr wie
Aleeke den freien Stuhl neben sich für sie zurückschob. Neben
Aleeke saßen Esteban und Geta. Die drei Plätze auf der anderen
Seite des Tisches waren von ihr unbekannten Menschen belegt.
Aleeke schien Brianas Unsicherheit zu bemerken und ergriff
schnell das Wort.
„Guten Morgen Briana, darf ich dir den Rest der Truppe
vorstellen?“ Sein aufmunterndes Lächeln gab ihr Kraft und Briana
brachte ein kurzes Nicken hervor.
„Esteban und Geta kennst du ja schon“, fuhr Aleeke dann fort. Dir
gegenüber sitzt Grace. Sie kam vor zwanzig Jahren zu uns und
ist, abgesehen von dir, mit Abstand die jüngste von uns.“ Während
Grace Briana die Hand gab wunderte Briana sich sehr. Sie hätte
Grace auf etwa 40 Jahre geschätzt während die anderen aussa-
hen als wären sie erst zwanzig bis dreißig Jahre alt. Anscheinend

gab das Aussehen hier nicht das wahre Alter wieder. Grace deutete ihren verwirrten Gesichtsausdruck richtig und lachte freundlich auf. „So ging es mir am Anfang auch. Sobald wir zu den Unsterblichen gehören hört unser Körper auf zu altern. Darum kannst du nicht am Aussehen das wahre Alter ausmachen. Ich bin beispielsweise 63 Jahre alt, mein Körper hat aber mit 43 aufgehört zu altern. Das ist am Anfang etwas verwirrend, aber du gewöhnst dich schnell daran."

Dankbar nickte Briana ihr zu. Je länger sie in diesem Raum saß desto wohler fühlte sie sich. Ihre Nervosität war beinahe gänzlich verschwunden und sie freute sich schon darauf auch die anderen kennenzulernen.

„Neben Grace ist Ragnar", ergriff Aleeke wieder das Wort. „Er ist ein Krieger, genauso wie Grace und ich." Er wandte sich der letzten Person zu, doch bevor er sie vorstellen konnte war die junge Frau aufgestanden und verließ den Raum. Briana erinnerte sich an Aleekes Worte vom Vorabend. Nicht alle hier glaubten daran, dass sie die Auserwählte war. und Briana wusste nun wen er damit gemeint hatte.

„Das ist Aveline", riss Esteban Briana aus den Gedanken. „Sie ist ebenfalls Kriegerin und von der neuen Situation offensichtlich noch nicht ganz überzeugt. Gib ihr ein bisschen Zeit." Kurz sah er Aveline wütend hinterher, die die Tür mit einem lauten Knall hinter sich ins Schloss fallen ließ. „Briana, wenn du fertig gegessen hast komm bitte nach unten in den Trainingsraum. Ich werde dir dann alles Weitere erklären." Kurz nickte Esteban zum Abschied in die Runde, dann verließ auch er den Raum. Die anderen taten es ihm gleich, nur Geta blieb bei Briana am Tisch sitzen.

„Ihr werdet euch sicher schnell aneinander gewöhnen", die nette Frau setzte sich neben Briana und reichte ihr einen Korb voll frischgebackener Brötchen.

„Weißt du, Briana, das Leben hier ist anders als du es gewohnt bist. Wir haben eigentlich nur uns. Wir helfen uns gegenseitig und sind wie eine Familie. Wenn jemand neues dazukommt ist das für alle eine Umstellung und jeder geht damit anders um. Ich bin schon über 500 Jahre alt. Ich habe Katherin aufwachsen sehen und war bei der Gründung der Zentrale dabei. Und ich habe mittbekommen, wie Krieger gegangen sind und neue gekommen sind. Aveline hatte es nicht leicht als sie hergekommen ist. Sie war davor in einer anderen Zentrale und hat ihren Verlobten wegen der Hauptzentrale verloren. Sie tut sich schwer dabei anderen zu vertrauen, aber ich bin mir sicher, mit der Zeit werdet ihr euch auch anfreunden." Mit mütterlichem Blick strich sie Briana kurz über den Arm. „Iss dich erst einmal in Ruhe satt. Esteban hat glaube ich vieles vor mit dir." Sie schmunzelte kurz, dann fing sie an das benutze Geschirr der anderen abzuräumen. Briana hatte vor lauter Vorfreude kaum Hunger, doch sie zwang sich dazu schnell ein Brot zu verschlingen. Nachdem sie sich von Geta verabschiedet hatte und sich frisch gemacht hatte, lief sie erwartungsvoll zum geheimen Aufzug. Was auch immer Esteban mit ihr vorhatte, es würde sie tiefer in die verborgene Welt bringen. Und es würde sie auch näher zu sich selbst und zu ihrer Bestimmung führen, dass spürte Briana genau.

„Da bist du ja endlich", Esteban drehte sich zu ihr um als Briana zurückhaltend den großen Raum betrat in dem sie noch keine 24 Stunden zuvor an einem Stuhl gefesselt gesessen hatte. Esteban saß an einem massiven Holztisch und hatte sich über ein großes Buch gebeugt. Als Briana zu ihm ging klappte er das Buch zu und schob es zur Seite. Da sie sich zum ersten Mal allein mit Esteban in einem Raum befand nutzte sie die Gelegenheit, um ihn etwas genauer zu mustern. Er war in etwa 1,80 Meter groß und hatte eine schlanke Statur. Seine Haare sowie seine Augen waren pechschwarz und glänzend. Er trug eine Lesebrille, die er abnahm als Briana vor ihm zum Stehen kam. Sie schätzte seinen Körper auf 30 Jahre und fragte sich unweigerlich wie alt er tatsächlich war.

„284 Jahre", brachte Esteban lachend hervor. Er schien Brianas Gedanken erraten zu haben, ignorierte jedoch geflissentlich die Schamesröte, die Briana ins Gesicht schoss.

„So gern ich dich auch kennenlernen würde fehlt uns dafür leider die Zeit", Esteban lächelte ihr zu und es war ein ehrliches Lächeln. „Ich habe einen Zeitplan für dich aufgestellt. Für dein Training haben wir genau eine Woche, dann musst du gut genug ausgebildet sein und wir müssen einen Plan entwickelt haben. Viel Zeit ist das nicht, das ist mir klar, aber es geht nicht anders." Sein trauriger Gesichtsausdruck sprach Bände. Seine Sorgen und Ängste sprangen auf Briana über, doch bevor sie in Panik verfallen konnte schien er seine Sorgen abzuschütteln und fing stattdessen mit einer enormen Ruhe und Geduld an Briana zu unterrichten.

„Jeden Tag wirst du vormittags Unterricht in Geschichte und in allem was in mit der verborgenen Welt zu tun hat bekommen. Nach dem Mittag wirst du mit den anderen Kämpfen üben, heute ist Aleeke dein Trainer, und nach dem Abendessen werden wir alle zusammen an einem Plan arbeiten. Die Zeit ist knapp, zu knapp, darum fangen wir besser gleich an. Aleeke hat mir erzählt er hätte dir gestern schon einiges erklärt. Ich fang noch einmal von vorne an und du unterbrichst mich, sobald du Fragen hast, in Ordnung?"

„Ja", Briana war so aufgeregt wie schon lange nicht mehr. Es schien, als würde sie endlich die lang ersehnten Antworten bekommen.

„Geschichten gab es schon immer. Mündlich überliefert, aber sie waren vorhanden. Vor langer Zeit entwickelte sich dann aus der mündlichen Überlieferung das geschriebene Sanskrit. Gemäß klassischer Tradition hat Sanskrit seinen Ursprung im Göttlichen. Es heißt, dass die großen Rishis, die großen Weisen, in tiefer Meditation waren und dort Mantras empfangen haben. Diese Mantras waren die Grundlagen des Sanskrit. Sie haben dann diese Sanskrit Mantras an andere weitergegeben und schließlich entstand aus den Sanskrit Mantras die Sanskrit Sprache. Man könnte also sagen Sanskrit stammt aus den Urenergien des Universums, und so ist es nicht weiter verwunderlich, dass Sanskrit auch die Sprache der verborgenen Welt ist. Die verborgene Welt ist nicht etwa eine magische Welt, die durch ein Portal von der normalen Welt getrennt ist. Vielmehr ist es eine Art geheime Welt, die inmitten der normalen Welt vorhanden ist und von ihr immer weiter verdrängt wird. Diese verborgene Welt entstand gleichzeitig wie Sanskrit. Wir sind eine große Organisation von Menschen, die die Magie der Bücher und des Sanskrit erkannt haben und es bewahren. Da du die Auserwählte bist, nehme ich an, du hast die Kraft der Bücher bereits wahrgenommen, auch wenn du sie noch nicht nutzen kannst. Bücher verleihen uns Unsterblichkeit, Macht, Kraft und am wichtigsten Fantasie. In ihnen bewahren wir unser Leben für zukünftige Generationen auf. In der heutigen Welt verlieren Bücher immer mehr an Bedeutung. Dem entgegenzuwirken ist an sich schon sehr schwer, aber nun, mit der Hauptzentrale, die sich dem Bösen gewidmet hat, ist es nahezu unmöglich." Kurz war in Estebans Augen wieder diese unendliche Trauer und Sorge zu sehen, die Briana auch gestern schon bei Aleeke bemerkt hatte. Dann fuhr ihr Lehrer fort: „Die Hauptzentrale, ich glaube den Teil hat Aleeke dir bereits erklärt, hat sich gegen die Menschheit gestellt. Sie wollen Nandana erreichen und der Menschheit somit die Fantasie rauben. Das dürfen wir nicht zulassen. Wir haben unter Katherins Führung angefangen die Hauptzentrale zu sabotieren. Mehr wollten wir nie. Wir sind nur eine kleine Zentrale von vielen und haben kaum Macht. Aber da sie bemerkt haben, dass wir gegen sie sind, werden wir am Neujahresfest nicht teilnehmen dürfen und somit sterben. Ich glaube Aleeke hat dir auch schon von der Flamme erzählt. Tejas, die magische Flamme, die aus Nandana stammt. Wir schreiben jedes Jahr ein Buch, opfern es der Flamme und altern dadurch nicht. Wenn wir in einem Monat nicht an diesem Fest teilnehmen dürfen, dann fehlt uns diese Kraft und unser Körper würde zerfallen. Wir haben bereits unsere natürliche Lebenszeit hier auf der Erde überschritten. Kurz: Uns bleibt nur noch ein Monat, um einen Plan zu schmieden, der es uns erlaubt die Hauptzentrale zu stürzen, die Flamme zu sichern und das Neujahresfest zu zelebrieren. Das ist ein großes Vorhaben in einer verdammt kurzen Zeit. Leider haben wir nur eine verbündete Zentrale in Alexandria. Es steht also fünfzig gegen über eintausend. Die Chancen kannst du dir selbst ausrechnen." Esteban fuhr mit ruhiger Stimme fort, erzählte von Sanskrit und von der Zentrale. Er erzählte von der Kraft die Bücher auf ihn haben und von der nie enden wollenden Motivation von Katherin, mit der sie ihre Zentrale geleitet und gegen die Hauptzentrale gerichtet hatte. Die Zeit verging rasend schnell und Briana hatte unendlich viele Fragen. Ihre Wut auf die Hauptzentrale, und alle Buchsammler die auf ihrer Seite standen, wuchs mit jeder Minute an und am liebsten hätte sie sofort angefangen einen Plan zu schmieden, mit dem sie die bösen Machenschaften der Hauptzentrale beenden konnten. Doch sie musste einsehen, dass Esteban Recht hatte. Musste einsehen, dass sie noch nicht reif genug, noch nicht trainiert genug war, um es mit der ganzen restlichen verborgenen Welt aufzunehmen.

„Was kann ich tun, um zu helfen?", fragte Briana. Sie hoffte inständig, dass sie ihre Bestimmung finden und erfüllen konnte. Es war ein neuartiges Gefühl für sie, eine solch bedeutende Rolle zu spielen.

„Ich habe dir doch schon erklärt, dass es in der verborgenen Welt drei verschiedene Art von Mensch gibt. Es gibt Krieger und es gibt Gelehrte. Ich bin in dieser Zentrale der Gelehrte. Ich kann Kämpfen und mit Waffen umgehen, aber ich halte mich eher im Hintergrund. Ich verwalte diese Zentrale und plane unsere Aufträge und Ziele. Ich übersetze unsere gesammelten Bücher in Sanskrit und stehe mit der Hauptzentrale in Verbindung, um neue Aufträge entgegenzunehmen. Die anderen aus unserer Zentrale sind allesamt Krieger. Sie gehen und führen Aufträge aus. Der Anführer einer Zentrale muss beides sein. Krieger und Gelehrter. Wir nennen die Anführer Rajan, das ist Sanskrit und bedeutet so viel wie Fürst, König oder Herrscher. Sie müssen kämpfen können aber auch den Weitblick haben, um Aufträge zu planen. Deine Aufgabe als Auserwählte ist es, in Katherins Fußstapfen zu treten und unser Rajan zu werden. Ich bringe dir alles bei was du wissen musst und Aleeke wird dir das Kämpfen beibringen. Du hast kaum Zeit, um alles zu lernen was du wissen und können musst, sonst war alles umsonst. Ich bin über 200 Jahre alt, Briana. Dir mag das als sehr alt vorkommen, aber wenn man sich die Geschichte der verborgenen Welt anschaut, ist es nur ein Wimpernschlag. Es gibt so vieles, das ich nicht weiß. Legenden, die ich gehört habe, die wahr sein können oder nicht. Ich kann dir nur einen Bruchteil von dem, was die verborgene Welt ausmacht, erklären. Unser Verbündeter in Alexandria ist um einiges Älter, doch auch er kann dir nicht alles erklären. Du müsstest einen der vier Gründerväter finden, um wirklich alles zu erlernen. Die Legende besagt, dass sie die Macht hatten, die Kraft der Bücher für Magie zu nutzen. Wir spüren die Kraft der Bücher und können sie bedingt nutzen. Sie geben uns selbst Kraft und Weitsicht, Erfahrung und Strategie, aber mehr eben auch nicht. Ich würde alles dafür geben mit einem der Gründungsväter zu sprechen und von ihnen zu lernen. Zu unserem Bedauern sind sie bereits gestorben." Esteban sah sie traurig an. Briana war die Auserwählte, zumindest hatte man ihr das in den letzten zwei Tagen häufig gesagt. Nun musste sie sich auch so verhalten. Auch wenn sie gar nicht genau wusste, wie genau sie sich zu verhalten hatte. Sie würde ihr Bestes tun, das stand fest, aber sie war sich nicht sicher, ob ihr Bestes auch gut genug war. Esteban sah sie noch immer abwartend an.

„Also gut." Briana seufzte, ehe sie die Schultern straffte und sich aufrecht hinstellte. Man erwartet von einer Auserwählten ein besonderes Verhalten. Und sie würde sich alle Mühe der Welt geben eine gute Auserwählte zu sein. „Fangen wir an!"

Mit einem Keuchen landete Briana zum wiederholten Male auf dem flachen Rücken. Der Schmerz schoss ihr durch alle Glieder, doch sie gab ihrem Gegenüber nicht mehr die Blöße, bei jedem Sturz laut aufzuschreien. Sie griff nach Aleekes ausgestreckter Hand und ließ sich von ihm auf die Füße ziehen.

„Du warst zu langsam", kritisierte ihr Trainer sie. „Mit dem Schwert parierst du die Hiebe. Mit der freien Hand hältst du dein Gleichgewicht. Mit dem Körper weichst du aus." Er sah sie mit seinen dunklen Augen direkt an. Alle Weichheit und all der Humor waren einer steinernen Entschlossenheit gewichen, die seinen Charakter veränderten. Briana war froh, ihn auf andere Art und Weise kennengelernt zu haben. Sie spannte alle Muskeln an und wappnete sich für den nächsten Angriff ihres Gegners.

„Bereit?", fragte Aleeke und nahm selbst seine Kampfhaltung ein.

Briana nickte. Aleeke schoss vorwärts und zielte mit dem Schwert auf ihren bewaffneten Arm. Gerade noch rechtzeitig drehte Briana sich zur Seite weg und parierte seinen nächsten Hieb mit ihrem Schwert. „Schnellere Beinarbeit", fauchte ihr Trainer und trieb sie vor sich her, bis sie die Wand in ihrem Rücken spürte. Seine nächsten Hiebe waren platziert aber ohne Kraft, sie konnte sie abwehren. „Lass dich nicht in die Ecke treiben. Du musst die Überhand in einem Kampf gewinnen." Er knurrte sie aus zusammengebissenen Zähnen an und seine Augen funkelten vor Kampflust. Briana parierte seinen nächsten Hieb und holte direkt danach zum eigenen Hieb aus. Aleeke blockte sie, bevor sie überhaupt richtig ausholen konnte. „Hol nicht so weit und langsam aus. In der Zeit bist du ungeschützt." Briana lief der Schweiß bereits den Rücken hinunter und sie spürte wie ihre Kraft nachließ. Immer wenn sie aufgeben wollte dachte sie an das Gespräch mit Esteban und die Wut auf die Hauptzentrale gab ihr neue Kraft. Wieder wich sie einem Angriff ihres Trainers aus und blockte seinen Hieb ab. Diesmal reagierte sie mit einem kurzen plötzlichen Stoß und Aleeke musste zur Seite springen, um nicht von ihrem Schwert getroffen zu werden. Dieser Vorstoß beflügelte Briana und sie ging wieder zum Angriff über. Ihr plötzlicher Wandel in der Taktik überraschte Aleeke und er musste drei ihrer Hiebe abwehren, ehe er wieder die Überhand gewann und sie zurück in die Ecke trieb. In der Hoffnung durch ein unerwartetes Manöver wieder zum Treiber statt zum Getriebenen zu werden duckte Briana sich plötzlich nach vorne und versuchte Aleeke mit einer schnellen Drehung von der Seite anzugreifen. Sein Schwert blieb nur Zentimeter von ihrem Hals entfernt stehen. Panisch schaute sie auf die glänzende Schwertscheide und schluckte hart. „Dein Hals und dein Kopf dürfen niemals ungeschützt sein!", bellte er sie an und sie zuckte bei der Härte in seiner Stimme zusammen.

„Du sollst sie trainieren und nicht umbringen, Aleeke", sagte Esteban und kam lachend zu ihnen hinüber. Er war unbemerkt in den Trainingsraum gekommen und sah amüsiert von Aleeke zu Briana und wieder zurück. „Genug gekämpft für heute", meinte er dann und nahm Briana das Schwert ab.

„Geh dich umziehen und komm dann in den Speisesaal zum Abendessen.", Aleeke klopfte ihr freundschaftlich auf die Schulter und ging dann gemeinsam mit Esteban aus dem Raum. Briana war erschöpft und ihre Muskeln zitterten vor Anstrengung. Bei dem Gedanken an etwas zu Essen zog sich ihr Magen schmerzhaft zusammen und knurrte laut. Schnell machte sie sich auf den Weg zu ihrem Zimmer. Dort angekommen stellte sie sich zuerst unter die eiskalte Dusche und blieb danach unschlüssig vor ihrem Kleiderschrank stehen. Sie hatte keine Ahnung was Esteban und Aleeke heute noch mit ihr vorhatten und wusste somit nicht, was sie anziehen sollte. Schließlich entscheid sie sich für ein T-Shirt und eine Jogginghose. Mit nassen Haaren lief sie zum Speisesaal. Die große Tür stand offen und drinnen hörte sie bereits heitere Stimmen. Schnell trat sie ein und setzte sich an einen der freien Plätze.

„Ich habe gehört du hast dich ganz gut angestellt bei deinem ersten Training", meinte Grace lächelnd und reichte ihr den Brotkorb. Verwirrt sah Briana zu Aleeke. Ihr strenger Trainer war jetzt wieder die Gutmütigkeit und Ruhe in Person und zwinkerte ihr zu.

„Aleeke hat gerade geschlagene zehn Minuten von dir geschwärmt", mischte Ragnar sich ein und musterte Briana kurz überrascht. Briana sah den Stolz in Aleekes Augen und sie fühlte sich seltsam zufrieden mit sich selbst. Sie war froh, nicht aufgegeben oder geschrien zu haben. Es war hart gewesen und es würde noch härter werden, das wusste sie, aber sie schien sich nicht komplett unfähig anzustellen.

Das restliche Essen verlief in einvernehmlichem Stillschweigen. Alle aßen gemütlich und als sie fertig waren, fingen sie an sich zu unterhalten. Briana nutzte die Gelegenheit und beobachtete die anderen genauer. Hin und wieder griff Grace nach Ragnars Hand und es wurde immer deutlicher, dass sie ein Paar waren. Aveline, die zuvor immer so genervt und unnahbar gewirkt hatte fing an zu lächeln und unterhielt sich angeregt mit Aleeke. Esteban beobachtete das rege Treiben am Tisch und gab nur hin und wieder einen Kommentar dazu oder nickte zustimmend mit dem Kopf. Sie wirkten wie eine Familie, dachte Briana und verspürte dabei Sehnsucht. So war es in ihrer Familie nie zugegangen und sie vermisste eine solche Verbundenheit und Zugehörigkeit, obwohl sie sie nie selbst erlebt hatte. Sie kannte sie nur aus Büchern und Filmen.

„Ich muss los." Aveline stand auf und zog sich eine Haarnadel aus dem hochgedrehten Dutt. Ihre blonden langen Haare fielen ihr wie ein seidig weicher Schleier über die Schultern. Sie hatte ihren Kampfanzug gegen legere Alltagskleidung getauscht und sah unsagbar attraktiv aus.

„Viel Glück", sagte Esteban. Ragnar lachte laut auf. „Glück? Du solltest ihr lieber viel Spaß wünschen. Glück braucht wenn dann der arme Kerl."

„Ragnar!", Grace tadelte ihn mit gespieltem Entsetzen, dann stimmte sie in sein Lachen mit ein. Adeline warf ihnen einen entrüsteten Blick zu und verließ ohne ein weiteres Wort den Raum. „Ihr seid unmöglich." Estebans Stimme gab keine Auskunft darüber, ob er amüsiert oder wütend war. „Alle beide."

Geta kam in den Speisesaal und fing an das benutzte Geschirr abzuräumen. Das Abendessen war offiziell beendet.

„Komm", sagte Esteban und sah Briana auffordernd an. „Wir haben noch zu tun." Alle standen auf und gingen hinter Esteban her zum Aufzug. Gemeinsam quetschten sie sich in die viel zu enge Kabine und rasten in die Tiefe. Unten angekommen folgte Briana den anderen in einen Versammlungsraum. Darin befand sich ein großer runder Tisch und Briana fühlte sich an die Tafelrunde aus der König Artus Sage erinnert. „Nehmt Platz", wies Esteban sie an. Aleeke deutete auf einen Platz neben Esteban und Briana setzte sich. Grace und Ragnar taten es ihnen gleich. Die ausgelassene Stimmung, die eben noch geherrscht hatte, war verschwunden und hatte einem beklemmenden Gefühl platzgemacht, das sich in Brianas Brust festsetzte.

„Wie sieht es aus, Esteban", Ragnars raue Stimme füllte den ganzen Raum aus.

„Wir haben noch immer keinen genauen Plan. Ich werde mich abends mit Briana zusammensetzen und überlegen. Wenn einer von euch eine Idee hat kann er oder sie jederzeit zu mir kommen. Adeline trifft sich, wie ihr sicher wisst, gerade mit einem Verbündeten. Wir hoffen, dass sie uns morgen mit neuen Informationen eindecken kann." Esteban stütze erschöpft den Kopf in die Hände. Bisher hatte er Katherins leitende Stellung übernehmen. Mit Brianas Erscheinen erhoffte er sich, schon bald zumindest einen Teil der Verantwortung abgeben zu können.

„Und wie gehen wir dann weiter vor?" Grace klang aufgebracht. Planlosigkeit konnte frustrierend sein, das wusste Briana aus eigener Erfahrung.

„Eure Aufgabe als Krieger ist es, wachsam zu sein und unser Anwesen zu schützen. Ich rechne nicht damit, dass die Haupt-zentrale uns angreifen wird. Immerhin müssen sie nur noch einen Monat abwarten und ihr Problem löst sich von selbst." Esteban sah jeden eindringlich an. Ragnar gab ein wütendes Knurren von sich. „So leicht geben wir uns nicht geschlagen."

„Natürlich nicht", erwiderte Esteban. „Zudem müsst ihr Briana das Kämpfen beibringen. Wir treffen uns nächste Woche mit unseren Verbündeten. Bis dahin sollte sie soweit sein, dass man sie getrost der Welt präsentieren kann. Ich hoffe, dass wir bis nächste Woche zumindest einen groben Plan haben. Die Zeit läuft uns davon."

„Mit wem trifft sich Adeline?", mischte Briana sich in das Gespräch ein.

„Adeline hat früher einmal in einer anderen Zentrale gelebt. Dort gab es einen Mann, der ihr den Hof gemacht hat. Sie trifft sich mit ihm und redet über belangloses Zeug. Wenn sie sich clever genug anstellt, und das tut sie immer, verrät er ihr dabei ein paar Neuig-keiten, die uns weiterhelfen können." Grace zwinkerte ihr verschmitzt zu.

„Gut. Fahren wir fort. Aleeke bringt dir das Kämpfen bei. Ragnar zeigt dir dann, wie du mit Pfeil und Bogen umgehen kannst. Grace kümmert sich um deine Geschwindigkeit und alles weitere. Adeline ist nicht dein größter Fan wie du vermutlich schon bemerkt hast. Halte dich von ihr fern, soweit es geht und lass ihr ihren Platz. Sie wird sich sicher noch einkriegen.", Esteban sah kurz an die Decke als denke er nach. Dann fuhr er fort. „Deinen Tagesplan habe ich dir schon erklärt. Morgen früh gibt es um sieben Uhr Frühstück. Bis zum Mittagessen arbeiten wir zwei an deinen Geschichtskenntnissen und gehen mit Adeline die neuen

Erkenntnisse durch. Nachmittags trainierst du mit Ragnar. Abends besprechen wir alles." Er schob seinen Stuhl zurück. „Hat jemand noch Fragen oder Einwände?" Alle verneinten und die Sitzung war beendet. Unschlüssig blieb Briana im Versammlungsraum zurück. Kurz sammelte sie sich, dann ging sie zu ihrem Zimmer. Erschöpft ließ sie sich auf ihr weiches Bett fallen und versank in den Kissen. Sie dachte gerade noch daran sich einen Wecker zu stellen, bevor sie in einen traumlosen Schlaf fiel.

Vor lauter Ungeduld schlang Briana ihr Frühstück förmlich hinunter. Sie konnte ihren Unterricht bei Esteban gar nicht mehr erwarten. Schnell spülte sie die letzten Brotkrümel mit einem Schluck warmen Kaffee hinunter und eilte dann in ihr Zimmer, um sich fertig zu machen. Das Frühstück war außer einer kargen Begrüßung ohne Gespräche verlaufen und hatte Briana Zeit gelassen ihre Gedanken zu sortieren. Schnell schlüpfte sie in die bequeme Trainingskleidung und band ihre Haare zu einem hohen Zopf zusammen. Dann macht sie sich auf den Weg in die Bibliothek. Die Fahrt mit dem Aufzug machte sie wie immer nervös und sie dachte, dass sie diese rasante Fahrt wohl niemals genießen könnte. Unten angekommen trat sie in den kargen Flur. Nur drei Räume gingen von dem Flur ab. Der Trainingsraum zu ihrer Linken, die Bibliothek geradeaus und der Versammlungsraum zu ihrer Rechten. Briana klopfte an die massive Tür der Bibliothek und wartete kurz. Als ihr niemand antwortete trat sie ein. Die meterhohen Regalwände aus massivem dunklem Holz imponierten ihr genauso wie bei ihrem ersten Aufenthalt in der Bibliothek. In der Ecke stand Estebans Schreibtisch. Er war wie immer überhäuft von Papieren und Büchern. Die Leselampe stand dekorativ an ihrem Platz und warf ihr helles Licht auf die Arbeitsplatte. „Esteban? Bist du schon hier?", Briana sah sich suchend in der riesigen Bibliothek um. Von ihrem Standpunkt konnte sie das Ende der Regalreihen nur erahnen aber keinesfalls sehen. Bei dem Gedanken daran, dass dies nur eine kleine Zentrale ist, überkam sie die Sehnsucht nach der Bibliothek der Hauptzentrale. Sie musste gigantisch sein.

„Ich komme schon", Esteban trat hinter einem der Regale hervor und balancierte geübt einen hohen Stapel Bücher. Der Stapel schwankte gefährlich und Esteban erreichte gerade noch rechtzeitig den Schreibtisch. „Heute widmen wir uns der Geschichte der verborgenen Welt. Aus zeitlichen Gründen sehe ich mich gezwungen einiges zu überspringen und nur auf die aktuell relevanten Dinge einzugehen. Den Rest holen wir dann in aller Ruhe nach sobald alles überstanden ist", sagte Esteban, bevor Briana überhaupt den Mund öffnen konnte. „Setz dich", fügte er hinzu und ließ sich selbst auf einen der drei freien Stühle fallen. Briana setzte sich neben ihn und sah sich bewundernd die uralten, in Leder gebundenen, Bücher an, die sich nun auf dem Schreibtisch türmten. Esteban legte alle Papiere in eine Schublade und verbannte die nicht benötigten Bücher auf den Boden. Dann schlug er ein großes Buch auf und legte es vor sie auf die nun freie Arbeitsfläche. Briana sah einen goldenen Zahlenstrahl und einige Jahreszahlen. Daneben standen Namen und kurze Kommentare, die sie jedoch nicht lesen konnte. Sie waren in sonderbaren Zeichen geschrieben. „Sanskrit", sagte Esteban, der ihrem Blick gefolgt war. „Die Namen darf jeder lesen. Aber die Kommentare sollen nur Mitgliedern der verborgenen Welt zugänglich sein. Hier siehst du die wichtigsten Persönlichkeiten unserer Welt, seit sie entstanden ist. Der Gründer, die ersten Könige, Gelehrten und Seher, und schließlich unsere jetzigen Königinnen." Esteban zeigte auf die jüngste Eintragung. „Ein König regiert bis zu seinem Tod. Wir sind unsterblich, das bedeutet ein jegliches Mitglied der verborgenen Welt stirbt entweder im Kampf oder weil derjenige es möchte. So auch die Könige. Der vorletzte König beschloss nach gut eintausend Jahren Regentschaft, dass seine Zeit nun vorüber war. Er wollte nicht mehr, und nach so langer Zeit hat jeder das Recht dazu. Am folgenden Neujahresfest wählte er seinen Nachfolger und krönte ihn. Dann vollzog sich die normale Zeremonie. Alle Bücher, die der Unsterblichkeit geopfert werden sollten, wurden der heiligen Flamme zum

Fraß gegeben. Alle außer das Buch des ehemaligen Königs. Er schenkte sein Buch der verborgenen Welt und nicht der Flamme. Sein Körper zerfiel innerhalb weniger Tage und er starb. So sollte ein Regentschaftswechsel normalerweise vonstattengehen. Der von ihm gewählte König ging in die Geschichte als der nachsichtige und liebevolle Regent ein. Er tat Gutes und war beliebt. Aber ihm fehlte die nötige Strenge und Härte, um sich auch die untertan und gehörig zu machen, die nach Macht und Reichtum strebten. Sie bildeten eine Organisation, benannt nach einem der wichtigsten Feste unserer Welt, dem Diwali, dem Lichterfest. Diwali steht für einen Neuanfang, der am Neumond gefeiert wird. Seit diese Gruppierung, deren Anführerinnen unsere jetzigen Königinnen waren, die Regentschaft übernommen hat, wird dieses Fest in der Hauptzentrale gefeiert. Die Gruppierung Diwali gab es seit der Regentschaftsübernahme offiziell nicht mehr. Das Fest findet am Neumond statt und geht immer fünf Tage lang. Neumond ist in einer Woche. Ich plane, dass wir dieses Fest nutzen, um den Aufenthaltsort der Flamme ausfindig zu machen." Esteban sah sie erwartungsvoll an. Offensichtlich hatte er seine Erklärung beendet und Briana schwirrte der Kopf. Erst heute Morgen hatte sie es geschafft ihre Gedanken und alles bisher Erlebte weitestgehend zu sortieren und zu verstehen und nun kamen so viele neue Informationen auf einmal.

„Um das richtig zu verstehen", fing Briana an und stockte kurz um sich die Worte zurechtzulegen. „Wir haben noch knapp über einen Monat Zeit, bevor ihr alle sterbt. Die Hauptzentrale weiß, dass wir gegen sie agieren und sie weiß, dass es mich gibt. Weil ich nicht in einem Monat von allein sterbe werden sie Jagd auf mich machen, sobald ihr alle gestorben seid und wollen mich umbringen. Die jetzigen Königinnen sind aufgrund eines Putsches an der Macht und nutzen ihre Regentschaft um eine Art Paradies, genannt Nandana, zu erreichen. Was zur Folge hätte, dass sie alles erreichen was sie sich sehnlichst wünschen. Den Preis dafür zahlt jedoch die Menschheit. Sie würden ihre Fantasie und somit alles Gute verlieren und stattdessen in einem nie enden wollenden Krieg fallen. Wir sechs stehen zusammen mit einer einzigen verbündeten Zentrale gegen die Hauptzentrale mit all ihren loyalen Untertanen. Die einzige Chance, die wir haben ist es, die heilige Flamme zu stehlen und dann alle Menschen der verborgenen Welt auf unsere Seite zu bringen. Als hätten wir aber nicht genug Schwierigkeiten wissen wir nicht einmal wo sich die Flamme befindet.", Briana schnappte atemlos nach Luft als sie ihren Vortrag in wenigen Sekunden heruntergerasselt hatte.

„Ja, genau so ist es", stimmte ihr Esteban zu.

„Und dabei setzt ihr ausgerechnet auf mich. Die sogenannte Ausgewählte?" Briana sah Esteban ungläubig an.

„Frag mich nicht warum das alle machen", sagte Adeline und ließ die Tür hinter sich ins Schloss fallen. Briana zuckte bei ihrem plötzlichen Erscheinen zusammen und Esteban sah Adeline wütend an. „Musste das sein?", klagte er sie an und schob ihr dann den freien Stuhl hin. „Eine solche Steilvorlage, um jemanden zu sticheln, lasse ich doch nicht ungenutzt vergehen", wehrte Adeline sich lachend. Briana gefiel es nicht, wie Adeline sich über sie lustig machte doch sie schwieg. Sie erinnerte sich noch gut an das Gespräch über Adeline und sie wollte wirklich, dass auch diese Zimtzicke auf ihrer Seite stand. Sie wusste nicht, wann genau das passiert war und auch nicht wie genau, doch Briana hatte ihre Rolle als Auserwählte akzeptiert. Auch wenn sie noch keinen blassen Schimmer hatte, sie alle anführen und retten sollte, wusste sie eines ganz genau: Allein würde sie das nicht schaffen. Sie brauchte so viele Verbündete wie es nur geht und Adeline war nun mal eine mögliche Kandidatin.

„Was konntest du herausfinden?", fragte Esteban und ignorierte bewusst Adelines bissigen Kommentar.

„Nicht viel, leider. Die Hauptzentrale weiß, dass die sogenannte Auserwählte bei uns ist. Sie haben Angst vor ihr, das zeigt das Kopfgeld, das auf sie ausgesetzt ist. Sie haben es in der Zwischenzeit verdoppelt. Ich weiß echt nicht, was an dir so besonders ist", sagte sie dann direkt an Briana gewandt. Bevor diese sich wehren konnte fuhr sie jedoch fort. „Ich befürchte die Hauptzentrale könnte uns angreifen um sich der Verräterin, wie sie sie nennen, zu entledigen. Wir sollten also auf der Hut sein und Nachtwachen einteilen." Esteban nickte zustimmend und Adeline fuhr fort. „Wir sind nur eine kleine Zentrale, doch die Hauptzentrale fürchtet uns. Mein Informant hat preisgegeben, dass das diesjährige Diwali nicht in der Hauptzentrale, sondern in London stattfinden wird. Darüber werden die anderen Zentralen aber erst am Tag vor dem Festbeginn informiert, damit uns niemand Bescheid sagen kann. Die Sicherheitsvorkehrungen werden immens sein.", schloss Adeline dann ihren Bericht.

„Danke Adeline, das ist eine ganze Menge." Esteban hatte sich eifrig Notizen gemacht und schüttelte besorgt den Kopf. „Wir brauchen dringend einen richtigen Plan.", seufzte er dann.

„Kann ich gehen?" Adeline sah ungeduldig zur Tür.

„Natürlich, gute Arbeit." Esteban nickte ihr zum Abschied zu und Adeline rauschte ohne ein weiteres Wort aus der Tür.

„Also, Auserwählte", Esteban legte sein Notizblatt zur Seite. „Was schlägst du vor?"

„Du musst den Bogen ruhiger halten und die Sehne bis zum Anschlag spannen", Ragnar klang mittlerweile äußerst genervt. Kein Wunder. Seit geschlagenen drei Stunden übte Briana nun mit Pfeil und Bogen umzugehen und ihr Pfeil hatte sein Ziel bisher nur äußerst selten erreicht. Stecken geblieben war er noch nie. Wieder spannte sie den Bogen bis es ihre Kraft nicht weiter zuließ und zielte mit der Pfeilspitze auf das Zentrum der Platte. Als sie sich sicher war, das Ziel richtig anvisiert zu haben ließ sie den Pfeil los und er schoss vorwärts. Der Pfeil traf die Platte am Rand, prallte ab und fiel zu Boden.

„Wie macht sie sich?", fragte Aleeke, der gerade sein Training beendet hatte und nun zu ihnen gekommen war. Briana konnte es selbst nicht fassen, aber sie vermisste es tatsächlich, von Aleeke auf den Boden geworfen zu werden und seinen Schwerthieben auszuweichen.

„Es läuft katastrophal", seufzte Ragnar resigniert. „Sie eignet sich eindeutig besser zum Nahkampf als mit Pfeil und Bogen zu kämpfen." Briana sah beschämt zu Boden. „Macht nichts, kleine Auserwählte", Aleeke sah sie aufmunternd an. „So ging es mir am

Anfang auch. Jeder hat seine Natur, das heißt nicht, dass du das andere nicht lernen kannst, es dauert nur etwas länger." Er sah Ragnar an. „Sei nicht zu streng zu ihr. In einer Stunde gibt es Abendessen. Wir sehen uns dann." Er drehte sich um und ging zur Tür. Briana hob den Bogen wieder an und legte den Pfeil an. Dann spannte sie die Sehne und zielte. *Kleine Auserwählte* hallten Aleekes Worte in ihrem Kopf nach. Mit einem Wutschrei riss sie die Sehne noch weiter nach hinten und ließ den Pfeil dann los. Surrend schoss er durch die Luft und bohrte sich tief in sein Ziel. Ihr Wutschrei verwandelte sich in ausgelassene Jubelrufe. Aleeke schloss schmunzelnd die Tür hinter sich.

„Jetzt musst du nur noch lernen, wie man zielt", grummelte Ragnar und zog den Pfeil aus dem äußersten Eck der Zielscheibe. Briana nahm ihm den Pfeil ab und begann das Manöver von Neuem.

Zwei Stunden später saß Briana mit brennenden Gliedern am Versammlungstisch. Das Abendessen war köstlich gewesen und sie hatte sich diesmal an den ausgelassenen Gesprächen beteiligt. Je besser sie die Truppe kennenlernte, desto deutlicher spürte sie ihre Nervosität und ihre Zweifel. Besonders hier im Versammlungsraum wurde ihr diese Situation bewusst. Hier fühlte sich keiner von ihnen wohl, nicht einmal Esteban. Dies war kein Schlachtfeld, kein Übungsraum, keine Bibliothek und kein Studierzimmer. Hier war keiner von ihnen das, was er gelernt hatte. Hier waren sie es gewohnt zuzuhören und Befehle entgegenzunehmen. Aufträge, die ihr Rajan zuvor ausgearbeitet hatte. Aber sie hatten keinen Rajan mehr. Katherin war tot und Briana war noch nicht fertig ausgebildet. Sie mussten diese Aufgabe, und die damit verbundene Verantwortung,nun alle zusammen übernehmen. Und das war eine gewaltige Veränderung. Doch Briana fühlte sich wohl. Das war auch der Moment, in dem sie das erste Mal das Gefühl hatte, das sie das alles wirklich schaffen konnten. „Habt ihr einen Plan?", fragte Aleeke und eröffnete damit die

Sitzung.

„Allerdings", Esteban lächelte zufrieden. „Briana möchtest du erklären?"

„Also, Adeline hat herausgefunden, dass das diesjährige Diwali in London stattfinden wird. Wir werden nicht eingeladen sein, was uns allerdings nicht daran hindern sollte zu erscheinen. Ziel ist es, an dem Abend den Aufenthaltsort der Flamme ausfindig zu machen. Danach haben wir noch drei Wochen, um die Flamme zu stehlen." Erwartungsvoll sah Briana in die gespannten Gesichter der anderen. Die erwartete Freudenreaktion blieb allerdings aus.

„Zu deiner Information, Auserwählte", fing Adeline bissig an. „Nur weil wir wissen, dass es in der Londoner Zentrale stattfinden wird, die übrigens unterirdisch liegt und gigantisch ist, heißt das noch lange nicht, dass wir dort so einfach einbrechen können. Es gibt keine Fenster, durch die man einsteigen könnte und auch keine Türen, bei denen man das Schloss knacken könnte. Wie genau meinst du denn, dass wir in die Zentrale kommen?" Sie sah Briana herausfordernd und siegessicher an. Langsam nervte Briana ihr abwehrendes Gehabe. Standen sie denn nicht auf einer Seite? Konnte Adeline nicht einfach ihre Feindseligkeit und ihre offen-sichtliche Abneigung Briana gegenüber vergessen, damit sie gemeinsam an ihrer aller Rettung arbeiten konnten?

„Auch daran haben wir gedacht", Briana sah erst Adeline in die Augen, heftete ihren Blick dann aber auf Aleeke. Sein zustimmen-des Nicken gab ihr Mut weiterzumachen. „Wir haben eine verbün-dete Zentrale. Noch hat die Hauptzentrale von dieser Bindung nichts mitbekommen und das muss unbedingt so bleiben. Zumindest bis zum Diwali. Sie werden ungehindert den Hauptein-gang nutzen und uns dann eine der Seitentüren öffnen. Sie sind nur von innen zu öffnen, darum sieht es von außen aus, als gäbe es außer dem Haupteingang keine weiteren Eingänge. Dann kommen wir ins Spiel. Durch die Tür werden wir in die Katakomben gelangen, in denen die Bücher gelagert sind und die Schlafräume der Krieger sind. Wir müssen unbemerkt alle Zimmer nach Hinweisen durchsuchen."

„Keine schlechte Idee, aber was machen wir, wenn die Flamme

nicht dort ist? Und ich bin mir ziemlich sicher, dass sie das nicht ist.", warf Ragnar ein.

„Das wird sie sogar mit großer Sicherheit nicht sein. Aber wir wissen nicht wo das Herrenhaus der Königinnen steht und höchstwahrscheinlich ist die Flamme dort. Wir suchen in London nur nach Hinweisen."

„Und ihr glaubt echt, dass dort ein Hinweis zu finden ist. In London ist nicht die Hauptzentrale. Wieso sollte dort also etwas über die Flamme zu finden sein?" Auch Grace war noch skeptisch.

„Es kann nicht schaden, nach Hinweisen zu suchen. Aber uns ist klar, dass es keine Garantie gibt, dass wir etwas Brauchbares finden. Deshalb ist das auch noch nicht der ganze Plan. Wir werden unbemerkt einsteigen und unsere Recherche durchführen. Danach lassen wir uns gefangen nehmen und..."

„Was? Nein. Ganz sicher nicht. Wir würden verschleppt und umgebracht werden und dann wäre alles umsonst gewesen!", brauste Ragnar auf.

„Ja, und genau das ist der Plan.", Esteban sah Ragnar streng an und er verstummte. „Briana und ich werden allein in London sein. Ihr bleibt in der Nähe. Ich werde einen Sender an mir tragen und wenn wir gefangen genommen werden und weggebracht werden, dann wisst ihr, wo die Hauptzentrale oder das Herrenhaus ist, denn ich vermute mal, das wir an einen der beiden Orte gebracht werden."

„Der Plan ist eigentlich echt gut", stimmte Adeline zu Brianas größter Verwunderung zu.

„Danke, Adeline", meinte Esteban und sah dann die anderen an. „Irgendwelche Einwände oder Anmerkungen?"

„Ja", Aleeke mischte sich zum ersten Mal in das Gespräch ein. „Warum ihr beiden? Nehmt es nicht persönlich, aber ihr zwei seid von uns die schlechtesten Kämpfer. Esteban, du bist Gelehrter und Briana ist noch zu unerfahren. Ihr werden schneller überrumpelt als ihr die Räume durchsuchen könnt."

„Genau deshalb machen wir zwei es ja. Wir werden so oder so gefangen genommen und ihr müsst uns dann ausfindig machen und befreien. Es wäre äußerst dumm von uns, wenn wir unsere besten Krieger in Gefangenschaft schicken. Wir tüfteln vorher einen Plan aus, aber dann müsst ihr auf eigene Faust agieren." Esteban sah ihm in die Augen und Briana meinte, ein Knistern zwischen den beiden zu spüren. Wenn sie so darüber nachdachte, war ihr diese Spannung immer aufgefallen, sobald die beiden in einem Raum waren. Sie nahm sich vor, Geta danach zu fragen.

„Aber sie werden euch nicht einfach nur gefangen nehmen, Esteban.", seine Stimme klang sorgenvoll. Beinahe flehend. „Sie werden euch foltern, damit ihr uns und unsere Verbündeten verratet. Oder sie bringen euch gleich um."

Briana zuckte zusammen. Natürlich hatte Esteban ihr gesagt, dass der Plan sehr gefährlich für sie werden würde. Aber bei dem Gedanken daran gefoltert zu werden lief ihr ein eiskalter Schauer über den Rücken. *Du bist die Auserwählte,* klang das Echo in ihrem Kopf. Dann dachte sie an ihren geheimnisvollen Retter. *Ich muss wissen, ob du wirklich die Auserwählte bist.* Dieser einfache kurze Satz hatte sie nicht mehr losgelassen. Sie hatte jede freie Minute an ihn gedacht. Obwohl sie nicht wusste wer er war, oder warum er ihr geholfen hatte, wusste sie doch, dass sie sich irgendwann einmal wiedersehen würden. Ob er dann wieder ihr Freund oder ihr Feind sein würde, dessen war sie sich nicht sicher. Er hatte ihr aus freien Stücken geholfen. Hatte sich für sie gegen die Angreifer gestellt und hatte auf das Kopfgeld verzichtet. Von ihm war keine unmittelbare Gefahr für Briana ausgegangen und doch hatte sie gespürt, dass er sie jederzeit und ohne zu zögern umbringen könnte, wenn sie ihn enttäuschte. Und sie wollte ihn nicht enttäuschen. Aber nicht, weil er ihr sonst gefährlich werden könnte, sondern weil ihr viel daran lag was er von ihr hielt. Sie wollte nicht schwach wirken. Auch dann nicht, wenn er nicht einmal bei ihr war.

„Es ist ein gefährlicher Plan, ja. Aber es ist auch ein guter Plan und wenn ihr genauer darüber nachdenkt merkt ihr, dass es zudem unsere einzige Chance ist." Brianas Stimme klang zu ihrer eigenen Verwunderung stark und bestimmt.

„Ich bin mir immer noch nicht so sicher, ob das die beste Idee ist. Wir sollten nicht unseren einzigen Gelehrten verlieren. Wir brauchen ihn, um den restlichen Plan zu entwickeln, wenn die

Gefangenen bei den Königinnen sind. Lasst mich stattdessen die Mission durchführen", wand Ragnar ein. Er wirkte allerdings nicht ganz so abgeneigt von dem Vorhaben wie Aleeke.

„Akzeptiert", stimmte Briana zu. Während die anderen zwischen Ragnar und Grace hin und hersahen und Grace sich ihren Widerspruch sichtlich verkneifen musste, ruhten Estebans Augen weiterhin auf Briana. Es schien, als wachse sie langsam in ihre Rolle als Auserwählte, dachte er. Er war stolz auf sie und auf sich selbst. Sie war eine gute Schülerin und er würde die kurze Zeit, in der sie noch seine Schülerin war, nutzen, um ihr so viel wie möglich beizubringen. Wenn er so darüber nachdachte war es erstaunlich, wie schnell sie das Kämpfen lernte und wie einfach sie sich die geschichtlichen Hintergründe ihrer Welt merken konnte. Diese ganze Welt schien ihr im Blut zu liegen, das sollte Beweis genug dafür sein, dass sie wirklich die Auserwählte ist. Esteban hielt es sogar für möglich, dass Briana die Magie der Gründerväter erlernen konnte, doch diesen Gedanken behielt er lieber für sich.

„Dann entscheide ich, als euer Rajan, dass wir diesen Plan durchziehen werden. Wir schleifen an ihm, so viel wir können, und wenn jemand einen Verbesserungsvorschlag hat, dann immer her damit. Ansonsten bleibt alles beim Alten. Jeder trainiert und bereitet sich so gut es geht auf das Vorhaben vor. Esteban und ich werden den Plan ausarbeiten und dann mit jedem von euch seine Rolle darin besprechen." Brianas Blick war bestimmt und sie wirkte selbstsicherer als sie sich fühlte.

„Aber", begann Aleeke, kam aber nicht weit.

„Es ist entschieden, Aleeke", unterbrach Briana ihn.

„Wer sagt, dass du unser Rajan bist?", fauchte Adeline sie an und stand auf. Sie wirkte bedrohlich, wie sie Briana genau gegenüberstand. In ihrer schwarzen Kleidung, mit dem Dolch an ihrem Gürtel und dem wütend verzerrten Gesicht.

„Wer das sagt?", nun war Briana froh darüber, dass sie bei Estebans Geschichtsunterricht so gut aufgepasst hatte. „Nun zuerst einmal, sagt das Gesetz der verborgenen Welt, dass jede Zentrale einen Rajan braucht. Und hier gäbe es ohne mich keinen Rajan, wenn mich nicht alles täuscht. Zweitens: Katherin war euer

Rajan. Sie ist gestorben und hat mir den Schlüssel anvertraut. Dementsprechend bin ich ihre Nachfolgerin, ob du das nun möchtest oder nicht. Drittens bin ich die Auserwählte. Ich bin ein Rajan, eine Anführerin, und momentan bist du die Einzige, die sich mir nicht fügt. Ich wäre an deiner Stelle vorsichtig was ich als nächstes von mir gebe. Du hast schon einmal eine Zentrale verlassen und ich könnte dafür sorgen, dass es nicht bei einer Zentrale bleibt." Briana funkelte Adeline wütend an. Aleeke hatte bei ihren Worten scharf die Luft eingezogen. Sie hatte nicht gelogen, alles was sie gerade voller Wut gesagt hatte, war die Wahrheit. Aber sie wusste selbst, dass es ein Schuss ins eigene Fleisch sein könnte, Adeline auf diese Weise vor allen anderen herauszufordern und zurechtzuweisen. Wie gern hätte Briana den Blick von Adeline abgewandt, hätte sich hilfesuchend an Esteban oder Aleeke gewandt, doch sie durfte nicht klein beigeben. Sie starrte Adeline an, die sie mit vor Hass verzerrten Augen nieder- starrte. Während die beiden sich gegenüberstanden, Adeline körperlich überlegen, nicht nur was die Größe anging, und Briana, die mit aller Kraft versuchte ihre Unsicherheit zu verbergen, herrschte absolute Stille im Raum. Die anderen beobachteten den stattfindenden Machtkampf mit angespanntem Interesse. Es könnte eskalieren. Lange konnte Briana Adeline nicht mehr die Stirn bieten. „Hast du irgendetwas zu sagen, oder können wir mit unserer Besprechung fortfahren?" Brianas Stimme war bestimmt, aber ohne Wertung. Sie bestrafte Adeline nicht, forderte sie nicht weiter heraus. Wortlos gab Adeline nach und setzte sich. Briana tat es ihr gleich. „Also gut. Morgen um sieben gibt es Frühstück. Dort wird jeder ein Protokoll erhalten, auf dem ihr eure Rolle in diesem Vorhaben sehen werdet. Jeder bekommt Aufgaben und ich bitte euch, euch an die Protokolle zu halten." Ihr Blick ruhte auf Adeline, die jedoch in keiner Weise darauf einging. „Die Bespre- chung ist beendet. Guten Abend." Briana stand auf, nahm ihren Notizzettel und verließ den Raum. Mit aufrechter Haltung schloss sie die Tür hinter sich und eilte dann in die Bibliothek. Dort angekommen rannte sie in ihre Lieblingsecke, sank auf den Boden und fing vor lauter Überforderung leise an zu weinen.

„Ich wusste doch, dass ich dich hier finden würde", Aleeke trat hinter einem der Regale hervor und setzte sich neben Briana auf den Boden. Schnell wischte sie sich die Tränen aus dem Gesicht und versuchte ein Lächeln aufzusetzen. Es gelang ihr nicht. „Hör auf damit", lachte Aleeke. „Wir sind allein. Du musst jetzt kein Rajan sein. Sei einfach du selbst." Jetzt gelang Briana ein dankbares Lächeln.

„Das mit Adeline war mutig und absolut notwendig. Du hast das Richtige getan, das wissen wir alle. Ihr anzudrohen sie aus der Zentrale zu verbannen war eventuell eine Spur zu drastisch, aber es hat gewirkt. Esteban ist sehr stolz auf dich, und alle anderen haben dich heute Abend ein Stückchen mehr zu respektieren gelernt. Esteban und ich stehen voll hinter dir. Ich glaube nach heute Abend tun das auch Ragnar und Grace. Und Adeline sollte dir nicht in die Quere kommen, solange du ihr keinen Anlass dazu gibst." Er legte ihr behutsam einen Arm um die Schulter und zog sie an sich. Briana lehnte sich dankbar an ihn und genoss das Gefühl, behütet zu sein.

„Du hast es schwer, als Rajan.", fuhr Aleeke mit beruhigender Stimme fort. „Die anderen Krieger, die zu einem Rajan ernannt werden, haben davor jahrelang in der verborgenen Welt gelebt. Sie haben gelernt zu kämpfen und zu dienen. Sie kennen die Regeln und sie kennen die Magie und die Geheimnisse der Bücher und der verborgenen Welt. Sie fangen nicht von Null an so wie du. Ihr Rajan spricht sie irgendwann darauf an, dass sie ein Kandidat für seinen Nachfolger sind und dann gehen sie in die Lehre. Sie werden von Gelehrten unterrichtet und lernen die Geschichte, die Politik und die Philosophie der verborgenen Welt und die der menschlichen Welt. Sie lernen, wie es ist, ein Diplomat zu sein. Sie bekommen Unterricht in Rhetorik und Verhaltenslehre. Sie üben das Diskutieren. Man bringt ihnen bei, wie sie Aufgaben delegieren, wie sie andere auf ihre Seite bringen können und sie von ihren Vorstellungen überzeugen können. Diese Ausbildung zieht sich teilweise über mehrere Jahre hinweg.

Die Anwärter auf die Führungsrollen werden jahrelang in Gruppen trainiert und die anderen Mitglieder einer Zentrale können sich langsam an die Veränderung gewöhnen. Wenn der Rajan dann beschließt, dass seine Zeit gekommen ist, wählt er bei einem großen Fest den nächsten Rajan. Die Königinnen sind bei diesem Fest anwesend und der gewählte Rajan schwört dem Königshaus ewige Treue und Loyalität. Dann schwört die Zentrale ihrem neuen Rajan dasselbe. Dieses Spektakel ist hier ausgeblieben, dadurch hattest du keine Zeit, um dich an deine neue Rolle zu gewöhnen und in sie hineinzuwachsen und unsere Gruppe hatte keine Zeit, um sich an dich zu gewöhnen und dir zu vertrauen. Wir kennen dich noch nicht richtig und jetzt ist es unsere Aufgabe, dir mit unserem Leben zu dienen. Das fällt nicht immer leicht, Briana. Das musst du verstehen. Du hast uns bis jetzt gezeigt, dass du würdig bist, ein Rajan zu sein. Du lernst schnell. Die Kampfkunst und die Fertigkeiten eines Gelehrten. Bei dem normalerweise stattfindenden Verfahren würdest du deine Konkurrenten mit Leichtigkeit ausstechen, dessen bin ich mir sicher. Aber wir haben nur wenig Zeit. Es ist gut, dass du in deine Rolle gewachsen bist. Aber vergiss nie, dass du auch uns hast. Du musst das nicht allein durchstehen. Wir sind eine Gemeinschaft. Das Prinzip der Monarchie herrscht zwar über unserer verborgenen Welt, aber innerhalb der Zentralen kann Diplomatie herrschen, wenn der Rajan dies zulässt. So war es bei Katherin, und ich hoffe so wird es auch bei dir sein." Seine dunkle Stimme hatte etwas Beruhigendes und Briana hörte ihm gespannt zu. „Ich weiß, dass du und Esteban euer Bestes gebt. Und was auch immer ihr entscheidet, wir werden euch blind folgen. Aber bitte geh nicht leichtfertig mit deinem Leben um. Für unsere Rebellion sein Leben zu geben, ist eine Ehre, aber nichts Erstrebenswertes. Vor allem nicht als Auserwählte. Deine Aufgabe ist es, uns durch diesen Kampf zu führen und danach unsere Königin zu werden. Wenn du also stirbst, erfüllst du nur die Hälfte deiner Prophezeiung und das wäre äußerst bedauernswert." Er knuffte Briana aufmunternd in die Seite und sie musste ihm lachend Recht geben.

„Danke, Aleeke." Sie löste sich aus seiner Umarmung. „Es ist schön, Freunde zu haben. Das habe ich sehr vermisst." Sie saßen noch eine Weile schweigend nebeneinander, ehe sie aufstanden und ins Bett gingen. Dort blieb Briana noch eine Weile schlaflos liegen. Sie war ausgelaugt von diesem anstrengenden Tag. Wieder dachte sie an ihren unbekannten Retter. Sein einprägsames Gesicht brannte vor ihren geschlossenen Augen und als sie die Geschehnisse des Tages Revuepassieren ließ, stahl sich ein Lächeln auf das Gesicht ihres Retters. Der Glaube daran, dass er mit ihren heutigen Taten zufrieden gewesen wäre, gab ihr die nötige Ruhe, um endlich einzuschlafen.

Die nächsten Tage vergingen rasend schnell. Briana wusste mittlerweile die bedeutendsten Momente der Geschichte der vergangenen Welt auswendig. Sie verstand immer mehr von Taktik, Diplomatie und Strategie. Die Nachmittage hatte sie mit Grace, Ragnar und Aleeke kämpfen geübt. Sie hatten schnell gemerkt, dass Briana eine Nahkämpferin war. Sie hatte das Grundprinzip der Bogenkunst gelernt und traf die meisten Ziele beim ersten Versuch, doch der Kampf mit Fäusten und Messern lag ihr mehr. Sie hatte das Schwert gegen zwei Messer mit langen Klingen ausgetauscht. Nun waren beide Hände tödlich. Sie hatte trainiert bis zum Umfallen. Sie war schneller und wendiger geworden und die Kämpfe, die sie sich mittlerweile mit den anderen lieferte, wurden immer schneller und immer gefährlicher. Das waren die Momente, in denen sie ihrem Körper freien Lauf ließ. Es lag ihr im Blut. Sie wirbelte über den Boden und ihre Gliedmaßen verselbstständigten sich. Manchmal kam es ihr sogar so vor, als würde sie von einer inneren Kraft gelenkt werden, die sie nicht selbst kontrollieren konnte. Doch dieses knisternde Gefühl, das sie in solchen Momenten überkam, gab ihr Ruhe und das Gefühl von uneingeschränkter Stärke. Ihre Füße waren flink und mit den Armen parierte sie und teilte Hiebe aus. Sie lernte die Bewegungen des Gegners zu verstehen und sein Vorhaben zu blocken so schnell es geht. Ihre eigenen Attacken wurden schneller und spontaner bis ihr Gegenüber sie nicht mehr erahnen konnte. Noch nahmen sich ihre drei Gegner zurück, gaben ihr eine Chance. Sie unterrichteten sie und forderten sie heraus, behielten dabei jedoch stets die Oberhand. Doch jeder von ihnen wusste, dass es nicht mehr lange so bleiben würde. Abends grübelte sie mit Esteban zusammen an ihrem Plan herum. Sie planten die Details und überlegten sich alle möglichen Szenarien. Sie überlegten sich für jede erdenkliche Schwachstelle eine Lösung. Sie lernte mehr über ihre Feinde. Über die Persönlichkeiten und Charaktere der Königinnen. Sie sprachen über ihre Handlanger und Aleeke erklärte ihr die verschiedenen Kampftechniken ihrer Feinde und welche Manöver sie gerne vollführten. So verlief ein Tag wie jeder andere. Sie wuchsen einander immer mehr ans Herz und lernten sich kennen. Sogar Adeline lieferte sich einzelne Kämpfe mit Briana, ließ sich die Chance jedoch nicht entgehen, sie so häufig wie möglich zu Fall zu bringen. Briana wurde ein Teil der Gruppe. Sie fühlte sich immer wohler und zu ihrem Glück fehlten nur noch ein Paar Puzzleteile. Sie mied es über das anstehende Fest und ihre damit zusammenhängende Mission nachzudenken. Sie hatte noch vier Tage, ehe es so weit war. Und ihre Fragen über ihren geheimnisvollen Retter quälten sie jede Nacht. Keiner ihrer neuen Freunde konnte ihr sagen, wer der mysteriöse Mann ist. Und obwohl sie ihn nur ein einziges Mal gesehen hatte, ging er ihr nichtmehr aus dem Kopf. Wenn sie einschlief sah sie sein Gesicht vor sich. Sie hörte seine Warnung, ihn nicht zu enttäuschen und sie spürte die unendlich große Macht, die von ihm ausging. Er war kein normaler Krieger oder Gelehrter, dessen war Briana sich sicher. Manchmal fragte sie sich, ob er ein Rajan war, doch dann verwarf sie auch diesen Gedanken wieder. Ein Rajan blieb bei seiner Zentrale, er streift nicht allein durchs Land und rettet fremde Mädchen. Wer oder was also war er? Briana saß wieder einmal in ihrem Zimmer und dachte über ihn nach. Ihr namenloser Retter. In Gedanken versunken zeichnete sie sein Gesicht in ihr Notizheft. Als sie in ihren Überlegungen wieder einmal nicht weiterkam, stand sie auf und beschloss zur Bibliothek zu gehen. Es war Nacht und Briana schlich auf Zehenspitzen an den Zimmern der anderen vorbei, bis sie die Putzkammer mit dem geheimen Aufzug erreichte. Während der rasanten Fahrt mit dem Aufzug krallte sie sich wie immer am Geländer fest. Sie hasste diese Fahrten. Unten angekommen öffnete sie die schwere Tür zur Bibliothek und schlüpfte durch den Spalt hindurch. Wie immer, wenn sie diesen magischen Raum betrat, fühlte sie diese fesselnde Anziehung der Bücher und das Knistern in ihren Adern. Manche zogen sie mehr an und manche weniger. Von ihnen ging dieselbe Macht aus, wie von ihrem Retter und sie fragte sich, wie das möglich war. Vielleicht war er ein Gelehrter, der sich die Macht der Bücher zu Nutze machen konnte. Auch, wenn Briana nicht wusste wie und Esteban mehrfach gesagt hatte, es sei nicht möglich, hielt sie es doch für plausibel. Im Dunkeln lief sie die Regalreihen entlang und fuhr mit den Fingerspitzen über die Buchrücken. Sie konnte die Buchtitel nicht lesen und schloss die Augen, um sich ganz auf ihr Gefühl zu verlassen. Manche Bücher fühlten sich wie normale Bücher an, aber von anderen ging ein leichtes Knistern aus, wenn sie sie berührte. Manchmal war das Knistern stärker, manchmal schwächer, aber nie groß genug, um Briana zu überzeugen. Sie wusste nicht was sie da tat. Die Hälfte der Regale war sie schon auf diese Weise abgeschritten und bis auf das seltsame Knistern war nichts geschehen. Sie beschloss weiterzugehen. Mit ihren Fingern spürte sie die unterschiedlichsten Bücher. Dicke lederne Einbände, Taschenbücher, vereinzelte Papierrollen. Das nächste Buch war dünn und hatte einen harten Einband. Die Kraft, die sie anzog, wurde mit jedem Schritt größer. Ein dickes Buch mit einem weichen Samteinband, ein schmales langes Buch, ein beißender Schmerz und ein greller Blitz. Briana schrie auf und riss überrascht die Augen auf. Vor ihr sah sie den schummrigen Umriss von einem dicken Buch. Sie ertastete einen Ledereinband und das Gefühl von Elektrizität rauschte durch ihre Adern. Von diesem Buch ging die Kraft aus, die sie hierhergeführt hatte. Vorsichtig zog sie das Buch aus dem Regal. Es war erstaunlich schwer und Briana erkannte, dass nicht das Buch, sondern die davon ausgehende Macht so schwer war. Sie drückte das Buch an sich und lief zurück zu ihrem Zimmer. Dort angekommen ging sie ins Bett und schlüpfte unter ihre weiche Decke. Das Licht der Nachttischlampe war gerade hell genug, um das Lesen zu ermöglichen. Briana betrachtete das Buch von allen Seiten. Es war tatsächlich in dunkles Leder gebunden und die einzelnen

Seiten waren dick und schwer. Sie fand keinen Titel, auch nicht auf den ersten Seiten. Neugierig blätterte sie durch das Buch. Die Seiten waren allesamt leer. Nicht ein einziges Wort war zu lesen, keine Zeichnung zu sehen. Nicht einmal Seitenzahlen waren zu finden. Ein dunkelrotes Lesezeichen markierte eine der hinteren Seiten. Auch dort fand Briana nichts. Sie drehte das Buch, blätterte es von hinten durch, betrachtete es von jeder Seite, und fand nichts. Briana klappte es zu und schloss die Augen. Wieder spürte sie die Macht die von dem Buch ausging. Es konnte nicht leer sein. Sie konzentrierte sich auf die Macht, versuchte ihren Geist zu lösen und die Kraft zu fassen. Es gelang ihr nicht. Frustriert öffnete sie die Augen und schlug das Buch auf. Es war noch immer leer. Sie hatte nicht die leiseste Ahnung was gerade mit ihr passierte, doch sie war sich sicher, dass das nicht normal war. Auch nicht für einen Rajan. Sie blieb noch lange wach und versuchte, aus dem Buch und dem was sie gerade gefühlt hatte schlau zu werden. Erst als die Sonne langsam aufging und die ersten warmen Strahlen in ihr Zimmer fielen schloss sie das Buch in ihrem Nachttisch ein und streckte ihre müden Glieder. Eine schlaflose Nacht und ein Rätsel mehr, dachte Briana als sie unter die kalte Dusche schlüpfte.

9

„Oh, komm zu mir. Oh Held, oh Erlöser, oh Heiliger. Komm nach Nandana, erreiche das Paradies. Ich will herrschen. Nicht über Nandana allein, aber über die Welt. Ich weiß über die Magie der Bücher. Ich weiß über deine Schwächen und deine Stärken. Komm zu mir und bringe mir alle Macht der Welt, dass ich unsere Feinde brechen und knechten kann und die Welt in ihren Untergang stürzen kann. Wir aber, oh mein Held, wir werden die Richter sein und Erlösung finden, im Leid der anderen."
- Seher Jacobus aus seinem Werk „Gesang Nandanas – Offenbarung des Paradieses"

Ich stand dort, zusammen mit meinen Brüdern und wartete. 2000 vor Christus. Das Jahr des Verrats. Das Jahr, das uns jetzt ins Unheil stürzen könnte. Ich weiß es noch, als erlebte ich es genau jetzt. Wir standen im Wald in der Finsternis. Wir hatten Tejas, die heilige Flamme, in unserer Mitte. Wir wollten sie zerstören und zurück nach Nandana verbannen, denn wir hatten das Grauen der Unsterblichkeit erkannt. Es war nicht zeitgemäß, wenn zweitausend Jahre alte Männer die Zukunft planen würden. Was ich damals nicht wusste war, dass ich auch ohne Flamme unsterblich war. Ich hatte Nandana schon einmal betreten. Mein Leben war besiegelt mit der Unsterblichkeit. Dass es ein Fluch ist, hatte ich erkannt. Wir standen also im Wald und warteten auf Oswald. Unser Anführer und König der verborgenen Welt. Ich erinnere mich noch an den Luftzug an meinem Ohr, als ein Pfeil an meinem Kopf vorbeisauste und Gregorius den Schädel durchbohrte. Ich weiß noch, wie ich herumwirbelte und sah, wie ein zweiter Pfeil auf mich zukam. Ich nutzte meine Magie und verließ meinen Körper. Der Pfeil traf die leblose Hülle und mein Körper starb. Ich aber stand da, unsichtbar für die Welt, und sah Oswald den Verräter. Ich sah, wie er sich auf Johann stürzte und ihn zu Fall brachte. Er rammte ihm sein Messer in die Brust. Wieder und wieder. Hilflos musste ich zusehen, wie Oswald seinen Knecht herbeirief. Er stand vor ihm und nahm ein Buch aus der Tasche. Er öffnete es und legte seine Hand darauf. Er schloss die Augen und übte seine Magie aus. Er war schlecht darin, Magie zu nutzen. Er benötigte dafür die Macht des Buches als Medium. Er konnte ohne direkten Kontakt zu einem Buch keine Magie ausüben, anders als ich. Aber ich war in diesem Moment körperlos. Ich konnte also keine Magie anwenden, konnte mich ihm nicht in den Weg stellen. Im direkten Kampf hatte er keine Chance gegen mich, dass wussten wir beide. Das war der Grund für den Hintergrund. Ich wusste, dass er in den Kopf seines Knechtes eindrang und seine Gedanken manipulierte. Dann gab er ihm die Flamme und ließ ihn gehen. Er selbst aber vollführte das Ritual und ging nach Nandana.

Ich versuchte alles, um meine Brüder wieder ins Leben zu holen, doch ich konnte nichts mehr für sie tun. Also verließ ich sie und meinen leblosen Körper. Unsichtbar wanderte ich durch den Wald, bis ich auf einen jungen Mann traf. Ich nahm seine Gestalt an und verdrängte die Schuld, die ich fühlte. Niemand würde mir glauben, wenn ich erzählte wer ich war. Niemand würde mir glauben, wenn ich preisgab, was im Wald wirklich geschehen war. Oswalds Knecht aber, der hatte sein Aussehen beibehalten und er hatte Tejas, die Flamme aus Nandana. Ihm glaubte die verborgene Welt als er erzählte, dass wir im Wald überfallen worden waren und dass Oswald als einziger nach Nandana fliehen konnte. Als Beweis lagen im Wald unsere Leichen. Seitdem war ich tot. Tot für die verborgene Welt, die ich einst mitgegründet und regiert habe. Tot in mir drin. War ein Schatten meiner selbst. Niemand wusste von meiner Existenz, nicht einmal Oswald der Verräter. Ich aber, ich wusste, was wirklich geschehen war und ich würde mich rächen. Ich würde im Verborgenen lauern und ausharren und auf meine Chance warten. Jetzt, 4000 Jahre später, schien es, als wäre der Moment der Rache zum Greifen nah. Oh, wie ich dafür brannte zu vernichten, was Unrecht war, und meinen Platz wieder einzunehmen.

10

„Nur wenn es hart auf hart kommt erkennt man, wen man zu seinen wahren Freunden zählen kann. Ich bin gespannt zu erfahren, wer nur große Reden schwingt und wer wirklich zu unserer Sache steht."

- Tagebucheintrag, Alexander der Alte

Briana und Esteban saßen bereits den ganzen Vormittag über ihren Plänen und Skizzen. Nun erwarteten sie den Rest der Gruppe. Die angespannte Stimmung war in der ganzen Zentrale deutlich spürbar und Briana war nicht die Einzige, die katastrophale Augenringe vorweisen konnte. Nach und nach trudelten die Krieger ein, Adeline war, wie nicht anders zu erwarten, die letzte. Sie genoss sichtlich ihren Auftritt und ließ sich in einer einzigen Bewegung geschmeidig auf ihrem Platz nieder.

„Da nun alle da sind würde ich gerne anfangen. Wir haben viel vor", Briana sah Adeline wütend an. Briana musste sich zusammenreißen, um vor lauter Anspannung keinen Streit vom Zaun zu brechen. Sie wandte ihren Blick von Adeline ab und sah die anderen der Reihe nach an. Ihr Blick blieb an Geta hängen. Die Haushälterin und Seele dieser Zentrale fühlte sich in diesem Verhandlungsraum sichtlich unwohl. Die untere Zentrale war nicht ihr Gebiet und obwohl sie die Älteste und Erfahrenste von ihnen war zog sie das ruhige Herrenhaus und die Aufgaben die es bot dem aufregenden Leben eines Kriegers oder Gelehrten vor. Sie sah Briana verwirrt an und brannte offensichtlich darauf wieder in ihre gewohnten Räume gehen zu dürfen.

„Ihr erinnert euch an den Plan für London den wir bereits besprochen haben?", fragte Briana in die Runde und erhielt ein einvernehmliches Nicken. „Wir werden unsere Verbündeten in Alexandria besuchen und mit ihnen unser weiteres Vorgehen sowohl in London als auch danach besprechen."

„Wir reisen nach Alexandria?", Grace sah sie ungläubig an. „Wie?"

„Aleeke hat uns bereits einen Privatjet organisiert und durch die fortschrittliche Technik der verborgenen Welt sind wir für den Radar der normalen Welt unsichtbar. Damit fliegen wir nach Alexandria. Wie wir in die Zentrale hineingelangen seht ihr, wenn es so weit ist.", sagte Esteban. Er klang um einiges sicherer als Briana sich fühlte. Der Plan war nicht fertig ausgereift, das wusste sie und das wusste auch Esteban. Trotzdem war es ihre Aufgabe als Rajan die anderen von dem Plan zu überzeugen. Sie musste ihnen alle möglichen Schwierigkeiten, die ihnen gefährlich werden konnten, aufweisen, ihnen aber trotzdem vermitteln das es der einzig mögliche und sichere Weg ist. Keine leichte Aufgabe, fand Briana.

„Und ihr glaubt wirklich, dass wir ihnen trauen können?", mischte Ragnar sich ein.

„Nicht allen, nein", Briana sah zu Adeline. „Und da kommst du ins Spiel. Wir werden alle zusammen anreisen, aber du wirst offiziell nicht zur Gruppe gehören. Du gibst dich als eine Abgesandte der Hauptzentrale aus und versuchst herauszufinden, wem wir trauen können und wem nicht. Wir besprechen den Plan nur mit dem Rajan der Zentrale und zwei seiner engsten Vertrauten, ihnen können wir trauen. Wenn du entschieden hast wem wir trauen können und wem nicht wirst du sie zusammen mit dem Rajan in den Plan einweisen. Und zwar am Morgen des Tages an dem der Plan durchgeführt wird."

„Warum gerade ich?", wand Adeline ein.

„Du bist misstrauisch und vertraust nicht jedem. Aber ich vertraue dir und ich glaube du wirst uns nicht hintergehen." Briana sah niemand anderen außer Adeline an und versuchte aus ihrer undurchdringlichen Miene schlau zu werden. Sie war perfekt für die ihr bevorstehende Aufgabe, das wussten alle.

„Nun gut", Adeline sah sichtlich zufrieden aus.

„Sehr schön", Esteban widmete seine Aufmerksamkeit wieder den anderen. „Ragnar, Aleeke, Briana und ich werden mit dem Rajan in Alexandria alles Wichtige besprechen. Grace und Geta, ihr bleibt hier und sichert die Zentrale." Bevor Grace widersprechen konnte fuhr er fort. „Die Hauptzentrale hat sich gestern Morgen in unser System gehackt. Sie verfolgen all unsere Aktivitäten. Wenn hier plötzlich kein Licht mehr angeschaltet wird, keine Bewegungen mehr wahrgenommen werden oder unsere Technik nicht mehr genutzt wird werden sie neugierig. Ihr werdet also hierbleiben und dafür sorgen, dass es so aussieht, als hätte niemand die Zentrale verlassen." Als Esteban seine Erklärung beendet hatte sah Grace, im Gegensatz zu Geta, äußerst unzufrieden mit ihrer Rolle aus. Sie wollte nicht die Haushüterin spielen, sondern mit den anderen ins mögliche Abenteuer starten. Doch es würde die gesamte Mission gefährden, wenn die Hauptzentrale ihre Abwesenheit bemerkt.

„Gibt es noch Fragen?", Briana sah abwartend in die Runde. Als niemand Anstalten machte darauf zu reagieren erklärte sie die Sitzung für beendet.

„Ruht euch aus, heute Nacht direkt nach dem Sonnenuntergang geht es los."

Damit stand sie auf und verließ als erste den Raum.

Während die Krieger den übrigen Tag damit verbrachten sich auszuruhen und ihre Kräfte für die bevorstehende Reise zu sammeln waren Briana und Esteban damit beschäftigt alle nötigen Vorkehrungen zu treffen. Der Privatjet wurde aufgetankt und die Technik kontrolliert. Sie packten alle benötigten Utensilien ein und gingen den Plan zum wiederholten Male durch, wobei einzelne Details überarbeitet oder ganz ausgetauscht wurden. Der Tag verging schnell und die Vorbereitungen verdrängten Brianas düstere Gedanken gefüllt mit Vorahnungen und Zweifel. So durfte sie nicht denken, das wusste sie, aber das Wissen darüber half auch nichts gegen das schlechte Gefühl, das sie schon die ganze Woche quälte. Es war Ende November. In vier Wochen wären alle ihre Freunde tot und ihre Mission mit ihnen. Das durfte nicht passieren, aber Briana wusste beim besten Willen nicht wie sie das verhindern sollte. Sicher, sie hatten einen Plan sowie Verbündete. Aber wenn man sich die Aufstellung genauer anschaut erkennt man wie aussichtslos die Sache erschien. Sie waren sechs und nochmal achtundzwanzig in der verbündeten Zentrale, vorausgesetzt alle dort waren ihrer Sache loyal. Dagegen stand die Hauptzentrale mit ihren fünfzig Kriegern und mehreren Gelehrten, sowie den Königinnen und all ihren zugehörigen Zentralen. Selbst wenn es ihnen gelang die Hauptzentrale anzugreifen und die Flamme in ihre Gewalt zu bringen bevor die anderen Zentralen den Notruf erlangen, ist es noch nicht sicher ob die anderen Zentralen sich ihnen und der neuen Zeit unterwerfen werden oder ob sie Widerstand leisten werden. Aber das Szenario lag in weiter Ferne. Noch hatten sie weder die Flamme noch ihren Aufenthaltsort. Sie wussten nicht, ob sie überhaupt eine Chance hatten. Auch ob sie sich auf ihre Verbündeten verlassen konnten war noch ungewiss. Zudem kam, dass all diese Verantwortung auf Brianas Schultern lastete, ohne dass sie sich dafür auch nur im Geringsten vorbereitet fühlte. Wenn sie so darüber nachdachte, wurde ihr nur allzu deutlich bewusst, dass sie noch vor einer Woche eine Kellnerin war, die von der verborgenen Welt nichts wusste und statt diesem Abenteuer nur ihren immer betrunkenen Freund hatte, um den sie sich kümmern musste. Egal wie diese Mission ausging, Briana hatte ihr Leben umgekrempelt und sie war durch und durch froh darüber.

„Was lächelst du so?", riss Esteban sie aus ihren Gedanken. „Ich habe gerade darüber nachgedacht was aus meinem Leben geworden ist."

„Und darüber kannst du Lächeln? Du stehst vielleicht kurz vor dem Tod, und all deine Verbündeten mit dir. Entschuldige, das wollte ich nicht sagen." Er sah sie entschuldigend an. „Ist schon gut, du hast ja Recht. Ich bin trotzdem froh. Mein Leben hat durch euch einen Sinn bekommen. Ich habe eine Aufgabe bekommen, die mich voll beschäftigt und obwohl es schwer, nahezu unmöglich, erscheint bin ich zufrieden mit meinem Schicksal. Wir werden nicht kampflos sterben, Esteban. Wenn wir sterben und ich denke nicht, dass wir das tun, dann sterben wir wenigstens für eine größere Sache als es irgendjemand anderes ahnt. Wir kämpfen nicht nur für uns und die anderen in der verborgenen Welt, wir kämpfen für die ganze Menschheit und für alles was noch kommen mag." Ihre Brust zog sich vor lauter Aufregung und Überzeugung schmerzhaft zusammen.

„Weise gesprochen, werdende Königin. Das muss ich dir lassen, Mut hast du, und jeder der dich kennenlernt wird dir folgen. Wenn unser Plan funktioniert führst du die verborgene Welt schon bald zu neuem Glanz und zu neuer Größe." Esteban legte Briana bewundernd die Hand auf die Schulter. „Wir sollten uns auch noch ausruhen. Zwei Stunden Schlaf können wir noch abbekommen. Wir sehen uns, wenn es dunkel ist." Mit diesen Worten verabschiedete er Briana vor ihrer Zimmertür.

Ein Klopfen riss Briana aus einem traumlosen Schlaf. Sie war nicht einmal ansatzweise ausgeruht und hievte sich gähnend aus dem Bett. Vor der Tür stand Aleeke. Im Gegensatz zu ihr sah er ausgeruht und beinahe gutgelaunt aus.

„Wir müssen los", sagte er nur, während er sich bereits umdrehte und davoneilte. Briana schnappte sich im Hinausgehen ihre Jacke und folgte Aleeke den Gang entlang bis zur Haustür. Dahinter befand sich im Garten das kleine Flugzeug, das sie bis nach Alexandria bringen würde. Besorgt sah Briana in die dunkle Nacht hinaus. Vereinzelte Wolken kündigten einen Sturm an. Briana wollte nicht unbedingt in einen Sturm geraten, also trieb sie die anderen zur Eile an.

Sie hatten sich noch nicht angeschnallt, da brachte Aleeke den eisernen Vogel auch schon in die Luft. Als Briana aus dem Fenster blickte sah sie nichts als undurchdringbare Dunkelheit. Es beruhigte sie etwas und ließ sie den sich ankündigenden Sturm vergessen. Während die Maschine immer höher stieg ging Briana in Gedanken den Plan wieder und wieder durch. Sie fand keine offensichtlichen Schwachstellen, obwohl ihr der Plan noch lange nicht perfekt erschien. Aber vorerst mussten sie mit nur einer einzigen verbündeten Zentrale vorliebnehmen, das war immerhin besser als ganz allein dazustehen. Die anderen waren in einvernehmliches Schweigen gefallen. Nur ab und zu murmelten sie kurz miteinander, ansonsten schliefen sie oder überprüften ihre Waffen. Sie waren ganz in ihre schwarzen Kampfausrüstungen gehüllt und bis auf die Zähne bewaffnet. Ja, sie besuchten eine verbündete Zentrale, aber hundertprozentig vertrauen konnten sie ihnen trotzdem nicht. Verräter gab es immer und überall. Leise schoss der Jet durch die schwarze Nacht. Tief unter sich konnte Briana die Lichter der Häuser sehen, die unter ihnen dahinzogen. Sie selbst hatten keine Lichter an, damit sie nicht von anderen Flugzeugen gesehen wurden. Eine Flugzeit von knapp zwanzig Stunden stand ihnen bevor und Briana nutzte die Chance, um ein wenig zu schlafen.

Sie schreckte aus dem Schlaf hoch als der erste Donner die Maschine zum Beben brachte. Ein Blick auf ihre Uhr verriet ihr, dass sie fast die gesamte Flugzeit verschlafen hatte, ausgeruht fühlte sie sich jedoch nicht im Geringsten. Ein Blitz erhellte den Raum und Briana konnte für einen kurzen Moment in die Gesichter der anderen sehen. Sie sahen nicht verängstigt aus aber sie alle hatten sich angeschnallt und starrten stur zu Aleeke und Esteban nach vorne. Diese hielten den Jet gekonnt ruhig und manövrierten es durch die tobende Nacht. Der Sturm hatte sie erreicht, wenn auch nicht der Sturm vor dem Briana Angst gehabt hatte. In Brasilien waren sie vor einem Unwetter verschont geworden, aber nun befanden sie sich weit oben in der Luft. Auf dem Radar konnte sie sehen, dass sie gerade die Grenze zwischen Libyen und Ägypten überquerten. Es war also nicht mehr weit. Ein weiterer Blitz zuckte über den Himmel. Gleichzeitig sackte der Jet um ein paar Meter ab und wackelte bedenklich, als Aleeke ihn wieder auf die vorherige Höhe lenkte. Panisch krallte Briana sich an ihrem Sitz fest. Sie war noch nie ein Fan vom Fliegen gewesen. Sie schloss die Augen und versuchte das Wanken und Ruckeln zu ignorieren, doch es gelang ihr nicht. Die nächste Flugstunde wurde der wahrgewordene Albtraum für alle Insassen. Aleeke und Esteban hatten alle Mühe, um den Blechvogel in der Luft zu halten und von dem Ganzen auf und ab war Briana schlecht geworden. Sie sehnte sich danach endlich wieder festen Boden unter den Füßen zu haben. Es kam ihr wie eine Ewigkeit vor bis Aleeke endlich den Landeanflug ankündigte. Noch immer verließen sie sich ganz auf dem Radar. Alle Lichter waren aus. Direkt An der Küste Alexandrias befand sich die große berühmte Bibliothek und ganz in der Nähe bildete der Strand eine gut geeignete Landefläche. Der Jet wurde langsamer und tiefer bis er in einer Höhe von nur wenigen Metern senkrecht über dem Boden stehenblieb. Im Stillen betete Briana, dass der Radar wirklich funktionierte, ansonsten würde Aleeke sie alle im Meer versenken. Langsam schwebte die schwere Maschine auf den Boden zu. Briana sah aus dem Fenster und erkannte nichts unter sich. Der Radar gab noch eine Entfernung von etwas mehr als einem Meter an. Sie sanken weiter. Fünfzig Zentimeter. Dreißig. Zehn. Rumpelnd kam der Jet auf dem Boden auf und der Donner verschluckte ihre Jubelschreie. Schnell wischte Briana sich über das Gesicht und strich sich die Haare hinter die Ohren. Einzelne Strähnen hatten sich während der Fahrt aus ihrem Zopf befreit und die widerspenstigen Locken fielen ihr erst jetzt auf. Sie tat es den anderen gleich und schnappte sich ihre zwei Messer. Sie befestigte sie an ihrem Gürtel und schnappte sich die Karte, dann trat sie als Letzte hinaus in die frische Luft.

„Hier müssen wir uns aufteilen", sagte sie an Adeline gewandt und reichte ihr die Karte. „Du wartest noch zwei Stunden, dann kommst du uns nach. Und vergiss nicht, du bist eine Abgesandte der Hauptzentrale. Niemand darf dich mit uns oder hier am Jet sehen, in Ordnung?"

„Verstanden." Mit einem kurzen Nicken in die Runde drehte Adeline sich um und verließ die Gruppe. Briana sah dem Licht ihrer Taschenlampe nach, bis es in der Ferne verschwunden war.

„Jetzt zu uns", wand Esteban sich an die anderen. „Der geheime Eingang zur Zentrale von Alexandria befindet sich unter Wasser. Wir werden also gleich tauchen. Wenn wir den Eingang gefunden haben folgen wir der Karte durch ein Labyrinth und kommen, sofern die Karte stimmt, unterhalb der Bibliothek zur Zentrale."

„Wo genau befindet sich der Eingang?", fragte Ragnar.

„Direkt hier am Strand müssen wir ins Wasser. Der Eingang befindet sich in drei Meter tiefe. Wo genau wissen wir nicht."

Briana konnte Ragnars Gesicht nicht sehen aber seine Stimme ließ keinen Zweifel daran was er von ihrer Tauchaktion hielt. „Gibt es keinen anderen Eingang?"

„Es muss noch mindestens einen weiteren Eingang geben, und zwar auf dem Festland." Esteban knipste bereits seine Taschenlampe aus. „Aber wir wissen nicht im Geringsten, wo der Eingang sich befindet, also bleibt uns keine andere Wahl als zu schwimmen."

Aleeke verteilte Leuchtstäbe die auch unter Wasser für ausreichend Licht sorgen sollten. Dann legten sie die Taschenlampen in den Jet und gingen zum Meer. Das Wasser war kalt und die Wellen schlugen bereits hoch gegen Brianas Beine. Sie zwang sich dazu weiterzugehen. Der Kampfanzug isolierte sie besser als gedacht, trotzdem fühlte sich das kalte Wasser wie unendlich viele Nadelstiche an. Sie wateten immer tiefer ins Wasser und mussten schon bald schwimmen. Immer wieder tauchte Esteban unter und leitete ihnen so den Weg bis zu einem großen Fels unter Wasser. Als sie ihn erreichten holten sie tief Luft und tauchten ab. Brianas Augen mussten sich kurz an das Salzwasser gewöhnen, dann schwamm sie neben Aleeke immer tiefer auf den Fels zu. Als sie die Spitze des Felsens erreicht hatten spürte Briana bereits, wie ihr die Luft knapp wurde. Sie tauchten noch tiefer und umrundeten den Fels. Auch Ragnar sah mittlerweile gequält aus. Aleeke tauchte noch tiefer und verschwand aus Brianas Sichtfeld. Verzweifelt tastete sie mit den Händen die raue Felswand ab, doch sie fand nichts. Ihre Lunge zog sich schmerzhaft zusammen. Sie sah Esteban entschuldigend an und stieß sich mit den Füßen vom Fels ab. Schnell näherte sie sich der Oberfläche und schnappte keuchend nach Luft. Sie erholte sich kurz bevor sie wieder zu den anderen hinuntertauchte. Das Licht des Leuchtstabs ließ langsam an Intensität nach und Briana erreichte gerade noch den Felsen, bevor es ganz erlosch. Sie sah um sich. Kein Lichtstrahl war zu sehen. Mit den Händen ertastete sie die Felswand und sank tiefer. Sie tastete sich wieder und wieder um den Fels herum ohne einen Eingang zu finden. Wieder wurde die Luft knapp, doch Briana konnte nicht auftauchen. Ohne Licht würde sie den Felsen nicht mehr finden.

Verzweifelt tauchte sie noch tiefer. Hier hatte der Fels einen Knick. Sie schwamm hinein und tastete sich weiter an der Felswand entlang. Etwas griff nach ihrem Knöchel. Briana entfuhr ein Schrei aber hier unter Wasser sorgte es nur dafür, dass die restliche Luft aus ihrem Mund entwich. Während sie zurückgerissen wurde strömte Wasser in ihre Lungen. Sie hatte das Gefühl zu ersticken. Etwas griff nun auch nach ihren Schultern und sie wurde nach oben gezogen. Sie spürte, wie sie aus dem Wasser gezogen wurde, noch immer konnte sie nicht atmen. Jemand schlug ihr mit der Faust hart auf die Brust. Sie hustete und endlich spürte sie den erlösenden Sauerstoff. Er brannte in ihren Lungen. „Alles in Ordnung?" Das war Aleekes Stimme. Briana nickte. „Briana?"

Briana fiel ein, dass sie vor lauter Dunkelheit nichts sehen konnte und ihr Nicken somit vollkommen unnötig gewesen war. „Ja, ja mir geht's gut." Sie spürte, wie jemand sie an der Schulter berührte, dann wurde sie auf die Füße gezogen.

„Hat noch jemand ein Licht?", Ragnars knurrende Stimme war nah an Brianas Ohr und sie zuckte erschrocken zusammen. „Nein", sie schloss die Augen und versuchte sich zu konzentrieren. Auf der Karte war nicht gestanden, dass es hier unten kein Licht gab. „Wir müssen geradeaus und dann bei der ersten Kreuzung nach rechts." Jetzt war Briana froh, dass sie die Karte so lange studiert hatte.

Sie tasteten sich mit den Händen an der Wand vorsichtig vorwärts. Bei der ersten Kreuzung bogen sie rechts ab, dann blieben sie stehen. Nachdem Briana die nächste Kreuzung genannt hatte ging es weiter. So schlichen sie voran. Nach einer Weile verlor Briana ihr Zeitgefühl. Sie stolperte vor den anderen her durch die dunklen Gänge des unterirdischen Labyrinths. Der modrig faule Geruch der steinernen Gänge drehte ihr den Magen um. Ihr Weg führte sie immer weiter in die Felsen unter Alexandria. Kein Lichtstrahl erleuchtete die steinernen Tunnel und langsam bezweifelte Briana, dass sie hier jemals wieder lebend rausfinden würden. Sie wies den Weg an, aber sie war sich nicht sicher, ob sie sich wirklich alle Kreuzungen richtig gemerkt hatte. Aber das durfte sie den anderen natürlich nicht verraten. Sie tasteten sich hinter Briana an der Wand entlang und vertrauten ihr in diesem Moment wortwörtlich blind. Nach einer Weile fing der Boden an sich zu neigen und sie stiegen weiter hinab in die Tiefe. Briana versuchte verzweifelt nicht an einen möglichen Tunneleinsturz zu denken und zwang ihre Gedanken zurück zu dem vor ihnen liegenden Weg. Mittlerweile ging es so steil in die Tiefe, das sie noch langsamer gehen mussten, um nicht zu stürzen. An manchen Stellen war der Fels porös geworden und einzelne lose Steine machten den Weg noch gefährlicher.

„Bei der nächsten Abbiegung müssen wir nach links und dann nur noch geradeaus. Wenn wir uns nicht verlaufen haben müssten wir die Zentrale gleich erreichen", teilte Briana den anderen mit und tastete sich langsam weiter.

„sehr gut", brummte Aleeke hinter ihr. „Ich bekomme langsam Platzangst."

Sie erreichten die letzte Abbiegung und Briana trat vor den anderen um die Ecke. Die Zeit reichte nicht einmal für einen gellenden Schrei, sondern lediglich für ein kurzes panisches Quieken. Denn Briana trat nicht auf festen Boden, sondern in eine gähnende Leere. Sie spürte bereits, wie sie das Gleichgewicht verlor und vornüber abstürzte. Ein kräftiger Ruck an ihrem Arm riss sie zurück und sie landete schmerzhaft auf dem Boden.

„Bist du verletzt?", fragte Aleeke besorgt und ließ ihren Arm nur zögerlich los.

„Nein, alles in Ordnung." Briana ließ sich von Aleeke auf die Füße ziehen. „Danke, dass du mich gerettet hast", sagte sich dann.

„Bist du dir sicher, dass wir hier richtig sind?", fragte Ragnar zweifelnd.

„Ja", ihre Stimme bebte noch leicht.

„Dann werde ich dir mal vertrauen. Ich bin der größte von uns also habe ich die Ehre." Ragnar seufzte missmutig und ging vorsichtig bis zur Kante.

„Aleeke, sicher meine Beine und pass ja auf, dass ich nicht abstürze."

Briana spürte, wie Aleeke sie sanft zur Seite schob und dann an ihr vorbei ging.

„Was genau macht ihr da?", fragte sie.

„Ich leg mich auf den Rücken und bin mit dem Oberkörper über dem Abgrund. Aleeke drückt meine Beine fest auf den Boden damit ich nicht abstürze. Dann versuche ich auf die andere Seite zu kommen, sofern dort etwas ist." Danach war für kurze Zeit alles totenstill. Diese Ruhe wurde erst von Ragnars Flüchen gestört. „Falls es auf der anderen Seite weitergeht komme ich dort nicht hin."

„Was machen wir dann?", fragte Briana verwirrt. Sie wusste beim besten Willen nicht, ob sie den Weg nach draußen wiederfinden würden. Selbst wenn sie den Weg leiten konnte würde dadurch ihre ganze Mission ins Wanken geraten.

„Sag du es uns, du bist die Anführerin", brummte Ragnar genervt. Bei ihnen allen lagen so langsam die Nerven blank. „Kannst du dich an der Kante festhalten und schauen, ob du weiter unten einen festen Boden findest?"

„Ist einen Versuch wert", brummte er zur Antwort und wieder hörte Briana wie einzelne Steine wegrollten als Ragnar sich langsam an der Felskante hinabgleiten ließ, bis er ausgestreckt daran hing. „Da unten ist fester Grund. Aber ich bin mir nicht sicher, ob es nur ein Felsvorsprung oder ein richtiger Weg ist." Ragnar klang misstrauisch.

„Kannst du es ausprobieren oder würdest du dann nicht mehr hier hochkommen?", fragte Briana.

„Für wie unsportlich hältst du mich?", konterte Ragnar und dann hörten sie, wie er von weiter unten weitersprach. „Es ist ein kurzer Weg und dann geht es weiter runter. Ich denke wir müssen hier weitergehen."

„Okay, Ich geh zuerst, dann Briana und dann du", wandte Aleeke sich an Esteban. Vorsichtig tasteten sie sich zu dritt an die Felskante. Aleeke kletterte zuerst hinunter. Bei Briana war es schon etwas schwerer. Sie war ein gutes Stück kleiner als die anderen und musste sich am Ende fallen lassen. Als sie am Boden aufkam griffen sofort starke Hände nach ihr und zogen sie ein Stück zur Seite. Einen Augenblick später spürte sie wie Esteban neben ihr landete. Je tiefer sie kamen, desto bedrückender wirkte die absolute Finsternis auf Briana.

„Seid ihr unten?", schallte Ragnars Stimme aus weniger Entfernung.

„Ja", antwortete Aleeke. Langsam gingen sie auf Ragnars Stimme zu. Dabei tasteten sie stets mit den Füßen den Boden ab, bevor sie einen Schritt wagten. Dass es zu beiden Seiten kein Geländer, sondern nur Abgründe gab, hatten sie bereits herausgefunden. Nach wenigen Schritten wurde es plötzlich sehr schmal und sie mussten ihre Formation aufgeben. Aleeke ging voran und Briana blieb ihm dicht auf den Fersen. Sie kamen jetzt noch langsamer voran. Wenige Meter später erreichten sie Ragnar.

„Da seid ihr ja endlich", begrüßte er sie missmutig. Genau wie Briana wollte er endlich aus dieser Finsternis hinaus und die Zentrale erreichen. „Hier geht es wieder runter."

Sie hörten, wie er mit den Händen unter all dem Schutt etwas Festes suchte, an dem er sich festheben konnte. Dann kletterte er an dem Fels hinab.

„Wir haben ein Problem", er keuchte vor Anstrengung. „Ich kann beim besten Willen nicht spüren ob hier etwas Festes kommt oder ob ich über einem Abgrund hänge."

„Was sagt dir dein Gefühl?", mischte Aleeke sich ein.

„Ich denke, dass wir uns auf dem richtigen Weg befinden. Folglich muss es hier irgendwo weitergehen."

„Wenn du dir sicher bist, dann spring", sagte nun Esteban. Briana hielt die Luft an.

Sie hörte, wie Ragnar ein leises Stoßgebet sprach und sich dann fallen ließ.

„Ungefähr ein halber Meter hat mir bis zum Boden gefehlt.", rief er dann. Seine Stimme verriet jedoch, dass da noch mehr war.

„Bist du verletzt?", fragte Briana.

„Nein, aber passt bei der Landung gut auf. Ich bin nämlich auf einer Hängebrücke aus Holz. Ein Geländer gibt es nicht."

„Wie breit ist die Brücke?", fragte Esteban beunruhigt.

„Etwa dreißig Zentimeter. Vielleicht etwas breiter", sagte Ragnar abschätzend. Dann fügte er hinzu: „Ich glaube die wollen uns gar nicht in der Zentrale. Die wollen uns lieber umbringen!"

„Den Eindruck habe ich langsam auch", knurrte Aleeke und Briana hatte ihn noch nie so wütend gehört.

„Wenn einer von uns runterspringt wird es schwer für dich das Gleichgewicht zu halten. Ich bin dafür, dass jeder allein die Brücke überquert. Vielleicht kommt auf der anderen Seite wieder etwas festerer Boden." Esteban klang nicht so wütend wie die anderen. Eher sachlich und neutral, und dass gab Briana die nötige Ruhe, um nicht durchzudrehen.

„Einverstanden", sagte Ragnar und seine Stimme schien sich dabei schon zu entfernen. Nach kurzer Zeit, die Briana trotzdem wie eine Ewigkeit vorkam, kündigte er an auf der anderen Seite auf einem Felsblock zu stehen.

„Du bist die nächste", wandte Aleeke sich an Briana. „Du bist deutlich kleiner als Ragnar. Ich bezweifle, dass du dein Gleichgewicht nach einem langen Fall schnell genug finden kannst, um nicht abzustürzen. Wir machen also eine Art Räuberleiter für dich. Ich häng mich an die Kante und Esteban sichert mich. Dann kletterst du an mir runter. Du müsstest dann eigentlich mit den Füßen direkt die Brücke erreichen und zur Not noch ein kleines Stück springen." Der Plan erschien logisch, trotzdem konnte Briana spüren, wie ihr Herz vor Angst wie verrückt schlug.

„Los geht's", sagte Aleeke kurz darauf und Briana tastete sich an ihm vor, bis sie den Abgrund erreichte. Sie ließ ihre Beine über den Abgrund hängen, bis sie nur noch mit dem Oberkörper auf dem festen Boden lag, genauso wie Esteban es ihr erklärt hatte. Sie spürte wie Aleeke nach einem ihrer Beine griff und sie ließ sich langsam weiter nach unten rutschen. Als sie weit genug gerutscht war umklammerte sie mit beiden Armen Aleekes Körper und ließ sich wieder weiter nach unten gleiten, bis sie an seinen Schultern ankam. Jetzt nahm er ihre Handgelenke in seine Hände und sie spürte seine Kraft als er sie festumgriff. Sie vertraute ihm blind, trotzdem musste sie sich überwinden los zu lassen. Erstaunlich langsam ließ er sie immer tiefer. Briana spürte, wie Aleekes Muskeln vor Anstrengung zitterten. Und dann spürte sie noch etwas anderes. Sie spürte ein wackeliges Brett unter ihrem linken Fuß. Sie versuchte Halt darauf zu bekommen und war sehr froh darüber, nicht runter gesprungen zu sein. Sie hätte ihr Gleichgewicht hier niemals halten können. Als sie mit beiden Füßen auf der Brücke stand sagte sie es Aleeke. Er ließ eine ihrer Hände los und Briana krallte sich damit sofort an der Felswand vor sich fest. Dann ließ er auch ihre andere Hand los. Kurz atmete sie tief durch, dann drehte sie sich mit wackeligen Knien um. Bereits jetzt fing die Hängebrücke an zu schwingen. Wenn auch nur leicht. Vorsichtig balancierte Briana Schritt für Schritt weiter. Nach jeder Bewegung hielt sie kurz still, um ihr Gleichgewicht wiederzufinden. Nach wenigen Metern schwankte die Brücke bedrohlich stark. Sie konnte nicht weiterlaufen.

„Aleeke?", rief sie zaghaft in die Finsternis hinein.

„Alles in Ordnung?", kam prompt die Antwort.

„Die Brücke schwankt viel zu stark. Ich kann unmöglich weitergehen." Sie versuchte sich ihre Panik nicht anmerken zu lassen.

„Leg dich langsam auf den Bauch und robb vorsichtig weiter. Dann schwankt sie nicht so stark", rief Aleeke ihr zu und Briana kam seiner Aufforderung nach. Vorsichtig ging sie in die Hocke und legte sich dann auf die Holzplatten. Sofort schwankte die Brücke weniger und Briana fing an, sich Stück für Stück vorzuziehen. Es dauerte ewig und war anstrengend, aber schließlich erreichte sie die andere Seite und Ragnar zog sie hoch.

„Brücke ist frei", rief er dann.

Briana war beeindruckt von der Schnelligkeit und Sicherheit mit der Aleeke und Esteban die Brücke überquerten. Gleichzeitig kam sie sich unglaublich ungeschickt vor, weil es bei ihr so lange gedauert hatte. Ihr Weg führte sie nun einige steinerne Treppen hinauf. Oben angekommen erreichten sie eine Art Plattform. Vorsichtig tasteten sie sich weiter und kamen an ein Podest. Darauf fanden sie eine Taschenlampe und wenige Leuchtstäbe. Ragnar machte die Taschenlampe an und leuchtete auf den zurückgelegten Weg. Vor ihnen erstreckte sich eine schmale Hängebrücke ohne Geländer. Zu beiden Seiten zeigte sich ein gähnender Abgrund. Aleeke ging bis zum Rand der Plattform. Dort knickte er einen der Stäbe, der sofort sein typisches grelles Licht ausstrahlte. Aleeke warf ihn in den Abgrund. Nach kurzer Zeit verschluckte ihn die Dunkelheit und sie sahen ihn nie aufkommen. Briana schluckte einen Kloß im Hals runter als sie daran dachte, wie leicht sie hätte abstürzen können. Aleeke trat neben sie und drückte sie kurz beruhigend an sich. „Gut gemacht", flüsterte er ihr ins Ohr. Dann folgten sie Ragnar, der auf der anderen Seite der Plattform eine lange Treppe entdeckt hatte. Während des anstrengenden Aufstiegs bereitete Briana sich auf das Treffen mit den Verbündeten vor, die sie nach diesen Strapazen zu hassen anfing.

„Entschuldigt bitte die mühsame Anreise." Briana, Esteban, Aleeke und Ragnar folgten einem der Krieger durch die großen, hellen Gänge der Zentrale. Vor einer Stunde hatten sie die lange Steintreppe erklommen und waren in einen kleinen Raum gelangt. Dort wurden sie bereits von Kriegern der großen Zentrale von Alexandria erwartet. Diese hatten sie in einen geräumigen Aufenthaltsort geführt. Frisches Obst und Wasser, sowie Wechselkleidung hatte dort auf sie gewartet und Briana war froh darüber gewesen, dass sie sich kurz ausruhen konnten, bevor es weiterging. Die kurze Stärkung hatte tatsächlich Wunder gewirkt. Sie fühlte sich seltsam ausgeruht und fit und war bereit dafür mit dem Rajan dieser Zentrale in Kontakt zu treten. Der Fakt, dass sie ihn oder sie nicht kannte, nicht einmal den Namen, störte sie momentan gar nicht so sehr wie angenommen. Sie wollte eine Erklärung für den gefährlichen Weg haben und sie wollte herausfinden, ob sie in dieser Zentrale wirklich Verbündete hatten. Die Tatsache, dass sie in dem kleinen Raum höflich in Empfang genommen und nicht von hinten erschossen worden waren, sprach schon mal eher für Verbündete als Feinde, aber blind darauf zu vertrauen wäre naiv und möglicherweise tödlich. Also gingen sie scheinbar entspannt mit dem Krieger mit. Briana war jedoch deutlich bewusst, dass keiner ihrer Gefährten auch nur eine Sekunde lang die Hand von den Schwertern an ihren Gürteln nehmen würde, bis sie sich wirklich in Sicherheit befanden. Sie selbst ging genau neben dem Krieger und versuchte nicht daran zu denken, wie schnell er sie umbringen könnte. Der Gang wurde breiter und ihre Schritte wurden von einem dicken Teppich gedämpft. Hinter den Türen, die sie passierten, hörte Briana Kampfgeräusche und Stimmen, die aufgeregt miteinander sprachen. Sie fragte sich, ob

Adeline schon in der Zentrale war. Sie bogen am Ende des Flures nach rechts ab und steuerten auf die Tür am Ende des Ganges zu. Es war eine große Rundbogentür aus Ebenholz. Beim Näherkommen erkannte Briana feine Schnitzereien und Verzierungen an der Tür. Sie blieben davorstehen und atmeten tief durch. Dann straffte sie die Schultern und bedeutete dem Krieger die Tür zu öffnen. Dieser klopfte dreimal laut gegen das massive Holz, dann wurde die Tür von innen geöffnet. Mehrere schwer bewaffnete Krieger standen an der Wand neben der Tür. Als Briana eintrat senkten sie respektvoll den Kopf und sahen erst wieder auf, als Briana an ihnen vorbeigegangen war. Esteban hatte sie hierauf vorbereitet, trotzdem kam sie sich fehl am Platz vor. Ihre eigenen Krieger waren deutlich in der Unterzahl und blieben immer wenige Schritte hinter ihr. Genauso verlangten es die Regeln der verborgenen Welt. Briana ging auf dem roten Teppich durch die gigantische Halle. Die hohe Decke war mit Gemälden verziert und durch die hohen Fenster fiel strahlendes Sonnenlicht. Auf der anderen Seite sah Briana einen breiten Tisch. Davor standen drei Männer. Hinter ihnen an der Wand wachten mehrere Krieger und Kriegerinnen. Wenn sich herausstellen sollte, dass sie hier Feinde statt Verbündeten besuchten, wären sie alle binnen kurzer Zeit tot. Das war nun mehr als deutlich. Briana zwang sich zu einem höflichen Lächeln als sie die Männer am Tisch erreichte. Ein Rajan stand immer in der Mitte, das hatte Esteban ihr erklärt, und so neigte sie ihren Kopf kurz respektvoll vor dem großen Mann in der Mitte. Jedoch nur kurz. Nicht lang genug, um verletzlich oder unterwürfig zu wirken, aber lange genug, um ihren Respekt zu zollen. Er tat es ihr nach und Briana merkte zu ihrem eigenen Erstaunen, dass seine Kopfneigung andauerte. Anscheinend wartete er auf eine Reaktion von ihr. Auch hier schien man sie für die Auserwählte zu halten. Sie war so neu in dieser Welt und doch zollte ihr ein Rajan, der um einiges älter und erfahrener, vermutlich auch mächtiger, war als sie seinen Respekt.

„Wir haben viel zu besprechen." Briana war stolz als sie merkte wie fest ihre Stimme klang. „Wir danken Euch für Eure Gastfreundschaft und herzlichen Empfang."

Der Rajan hob den Kopf wieder und deutete auf die Männer neben ihm. „Das sind meine Vertrauten. Der Führer der Krieger, Aaron." Aaron verbeugte sich kurz vor Briana. „Und der Führer der Gelehrten, Farid." Auch er verbeugte sich.

„Auch meine Vertrauten sind bei mir. Die Krieger Aleeke und Ragnar, und der Gelehrte Esteban." Sie alle traten vor und verneigten sich. Dann deutete der Rajan auf den Tisch und sie setzten sich. Aleeke und Ragnar nahmen ebenfalls ihre Plätze ein und gesellten sich zu den anderen Kriegern an die Wand. Ihre Hände ruhten wieder an den Griffen ihrer Waffen und diese Geste beruhigte Briana.

„Wir fühlen uns geehrt Ihre Bekanntschaft zu machen, Auserwählte", ergriff der Rajan das Wort. „Erlauben Sie, dass ich mich vorstelle. Mein Name ist Alexander der Alte, wobei man den zweiten Teil gerne weglassen kann." Er lachte kurz. „Ich heiße Sie willkommen in der geheimen Bibliothek von Alexandria. Sie ist bereits älter als Sie wahrscheinlich vermuten. Ptolemeus I ließ sie hier in Alexandria im Jahre 288 v. Chr. errichten. Eine Bibliothek, die die Größenvorstellungen eines jeglichen normalen Menschen bei weitem übersteigt. Die Legende besagt, dass sie im 3. Jahrhundert der Zerstörung des gesamten Palastviertels von Alexandria zum Opfer fiel. Das ist auch teilweise wahr. Die Gemäuer der Bibliothek wurden tatsächlich zerstört, nicht aber die Werke, die darin gesammelt waren. Schon damals gab es die verborgene Welt. Der Unterschied war, dass unsere Bibliotheken öffentlich waren und auch für normale Menschen zugänglich. Damals war ich Buchhalter der Bibliothek. Ich bekam Wind von einer geplanten Zerstörung und wendete mich an einen meiner Freunde. Wie es der Zufall will war sie Mitglied der verborgenen Welt. Sie weihte mich in alles ein und gemeinsam schafften wir alle Bücher und Papierrollen aus der Bibliothek. Die verborgene Welt errichtete ein geheimes Netz unter der Erde, in dem wir die Bücher lagern. Mittlerweile ist ein kleiner Teil der geheimen Bibliothek wieder überirdisch, doch der Großteil befindet sich noch immer tief unter der Stadt. Wir schafften es fast alle Werke zu retten. Bei dem Versuch auch die letzten Bücher vor der Zerstörung zu retten starb meine Verbündete und ich wurde Rajan der neuen geheimen Zentrale. Briana, es ist uns eine Ehre, mit Dir die verborgene Welt aus ihrem Schatten zu holen und zu neuem Glanz zu führen."

11

„Danke, Fremder, für deine Hilfe. Auch wenn das nie dein Ziel war, hast du mich meinem näher gebracht. Oh Nandana, bald schon werde ich bei dir sein."

- Notiz eines Unbekannten

Fehler sind menschlich. Aus Fehlern lernt man. Wie häufig habe ich das schon gehört. Aber was ist, wenn der eigenen Fehler dazu führt, dass die Welt untergeht? Ich habe viel Gutes getan in meinem langen Leben. Vor vielen Jahren, vor 1815 Jahren, um genau zu sein, rettete ich viele Bücher und Leben. Ich gab einem jungen Mann einen Tipp. Er rettete die antike Bibliothek und wurde zum Dank Rajan und somit Teil der verborgenen Welt. In meinem unbändigen Wunsch mich zu rächen jedoch, passierte mir ein ungewollter Fehler mit gigantischen Ausmaßen. Ich wollte doch nur, dass die Krieger und Gelehrten der verborgenen Welt die Wahrheit über Nandana erfuhren. Sie sollten wissen, dass Nandana nicht das Paradies, sondern die Hölle ist. Dass dort Oswald, der Teufel, wohnt und nur darauf wartet, dass jemand zu ihm kommt und ihm alle Bücher bringt. Ohne Bücher, so denkt er, hat niemand nie Möglichkeit Magie zu nutzen. Die Menschheit hätte keine Fantasie und keine Chance sich zu wehren. Ich wollte das verhindern und habe einem Seher von Nandana erzählt. Er aber, verblendet von der Macht die Nandana in sich birgt, veränderte die

Geschichte. Er offenbarte der Welt eine Lüge. Er stellte Nandana als Paradies und als erstrebenswert dar. Ich musste also einen Fehler wieder ausgleichen und begann einen noch größeren bei dem Versuch es wieder gut zu machen. Ich wusste, dass der König der verborgenen Welt süchtig nach Macht war. Er würde der Verlockung nicht widerstehen können. Und so wählte ich zwei junge Frauen aus. Ich stürzte für sie den König und sah zu, wie sie zu Königinnen gekrönt wurden. Erst schien es, als ginge mein Plan auf. Sie regierten weise und zum Wohle beider Welten. Dann, völlig unerwartet, wechselten sie die Seite und erlagen dem falschen Ganz von Nandana. Es ist mein Werk, dass die grausamen Königinnen vor etwa 1050 Jahren die Macht ergreifen konnten. Und diese zwei Fehler, die mir unterliefen, scheinen nun zum Untergang der Welt zu führen.

12

*„Königinnen der verborgenen Welt, wir schwö-
ren Euch unsere uneingeschränkte Treue und
Verbundenheit. Wir folgen Euch durch die harten Stunden auf Erden bis hin zum befreienden
Aufstieg nach Nandana, dem prächtigen Paradies."*

- Treuegelöbnis der Zentralen an die amtierenden Königinnen der
verborgenen Welt, jährlich zu erbringen am Neujahresfest

Briana strich zum letzten Mal über das Kleid und warf einen abschließenden, prüfenden Blick in den Spiegel. Eine junge Frau hatte sie frisiert und ihr ein olivfarbenes knielanges Kleid zurechtgemacht. Dazu trug sie beige hohe Spitzensandalen zum Schnüren. Ihre Haare waren hochgesteckt und einzelne Locken hatten sich bereits befreit. Ragnar bot ihr seinen Arm an und sie hakte sich ein. Gemeinsam mit Esteban und Aleeke ging sie zum Ballsaal. Die Verhandlungen am Nachmittag waren gut verlaufen und ihrem Vorhaben stand somit nichts mehr im Weg. Trotzdem war Briana Aleekes Aufforderung gefolgt und trug ihre Messer unter dem Kleid. Sie waren nun Verbündete, doch das sicherte ihnen nicht die Loyalität aller Krieger in dieser Zentrale. Sie folgten der Musik und erreichten nach sehr kurzer Zeit den Ballsaal. Als sie näherkamen öffneten zwei Krieger ihnen die Türen und sie traten in einen großen Saal mit hohen Decken. In einigem Abstand zueinander hingen Kronleuchter, die dem Ambiente eine klassische Stimmung verliehen. Überall verteilt standen Menschen in kleinen Grüppchen beieinander und redeten, manche tanzten und wieder anderen bedienten sich an einem üppigen Büffet. Nichts deutete darauf hin, dass noch vor einer

Stunde eine Kriegserklärung gegen die Hauptzentrale aufgesetzt und unterzeichnet wurde.

Ein Krieger klopfte mit einem Holzstab dreimal fest auf den Boden. Augenblicklich wurde es still im Saal. Die Musik wurde leiser und alle Augenpaare richteten sich auf Briana. Alexander stand auf der anderen Seite neben dem Büffet. Als alle verstummten und abwartend zu Briana sahen ergriff er mit fester Stimme das Wort.

„Gelehrte, Krieger, Freunde. Begrüßt mit mir den Rajan aus Zentrale K, unsere Auserwählte."

Ein Raunen ging durch den Saal und alle verneigten sich tief. Esteban knuffte Briana leicht in den Rücken und bedeutete ihr los zu gehen. Langsam durchquerten sie den Saal und stellten sich neben Alexander. Die Krieger und Gelehrten richteten sich wieder auf und sahen gebannt zu ihrem Anführer. Er hatte sie auf einen Krieg gegen die Hauptzentrale vorbereitet, aber keiner wusste wann es soweit sein würde.

„Liebe Verbündete", Briana räusperte sich und zwang sich dazu ruhig zu bleiben. „Wir danken euch für eure Gastfreundschaft und Loyalität. Der Zeitpunkt, auf den wir so lange gewartet haben, ist nun endlich gekommen." Briana sah sich im Raum um und sah in lauter gebannte Gesichter. „In drei Tagen werden wir den Kampf gegen unseren gemeinsamen Feind eröffnen. Wir haben einen Weg gefunden, direkt in die Hauptzentrale zu gelangen und dort unseren vernichtenden Schlag auszuführen. Ich danke euch allen, dass ihr für unsere Sache kämpft. Ich bin stolz dabei sein zu dürfen und es ehrt mich, eure Anführerin zu sein. Jeder einzelne von euch ist mutig und stark. Zusammen werden wir den Feind besiegen und die Geschichte unserer Welt verändern und revolutionieren."

„Aye", schallte die Antwort laut durch den ganzen Saal. Berührt von so viel Loyalität und der Kampfbereitschaft wandte Briana sich an Esteban. Er lächelte ihr stolz zu. Dann wurde die Musik aufgedreht und die Stimmung wurde ausgelassen.

Mit knurrendem Magen plünderte Briana das Büffet und unterhielt sich mit Ragnar. Dabei beobachtete sie die Tanzfläche. Es wurden klassische Tänze getanzt und die Paare schienen sich dabei zu unterhalten. Alexander, der Rajan, unterhielt sich am

Rand der Tanzfläche mit einigen Kriegern. Manche davon sahen grimmig aus. Das war wohl die Opposition, dachte Briana. Nachdem sie gegessen hatten forderte Aleeke sie zum Tanz auf. Gekonnte führte er sie über das Parkett. Briana genoss den Moment. Sie musste mit niemandem reden, sie musste kein Rajan und keine Auserwählte sein. In diesem Moment musste sie nicht die Führung übernehmen, sondern konnte sich führen lassen. Die Zeit verging schnell. Sie hatte mit Aleeke, Esteban, Ragnar und Alexander einige Tänze hinter sich. Schließlich verstummte die Musik ganz.

„Meine Damen und Herren, Krieger und Gelehrte. Der Abend neigt sich dem Ende und es wird Zeit für den Höhepunkt." Lautes Jubeln folgte. „Der Kampf, auf den wir alle den Abend über gewartet haben. Das Kräftemessen der Anführer." Briana schwante Übles. „Bitte bildet einen Ring." Die Krieger wichen von der Tanzfläche und umstellten sie. Ein Blick in Estebans geschocktes Gesicht verriet Briana, dass auch ihre Freunde nichts davon gewusst hatten.

„Das Duell der Rajans. Alexander, Briana, kommt in den Ring." Wieder lagen alle Blicke erwartungsvoll auf Briana. Sie konnte nicht kneifen. Alexander nickte ihr zu und sie betraten gemeinsam die ehemalige Tanzfläche. Zwei Krieger traten zu ihnen und reichten ihnen einen Lederschutz für die Unterarme. Schnell streifte Briana sie über und Aleeke knotete sie zu. Dann kamen wieder zwei Krieger und reichten ihnen ein Schwert.

„Angesichts des Kampfes in drei Tagen gibt es ausnahmsweise einmal zwei Regeln. Keiner stirbt und keine schweren Verletzungen, bitte. Der Kampf endet, wenn sich einer der Rajans ergibt." Zustimmendes Grölen. Briana wusste, dass dies kein Kampf auf Leben und Tod werden würde, doch sie durfte nicht verlieren. Sie wollte, dass all diese Krieger ihr in eine Schlacht folgten, deren Ende ungewiss war. So sehr sie auch davon überzeugt war, dass sie auch wegen der Sache selbst in den Krieg ziehen würden musste sie wieder an Estebans Worte denken. Mit der Schlacht würde ihre Aufgabe nicht beendet sein. Danach würde es weitergehen. Sie soll Königin werden. Sie musste es schaffen, dass die Krieger ihr nicht nur für eine einzige Schlacht folgten, sondern für unzählige Jahre danach. Entschlossen hob sie das Schwert. Es war unangenehm schwer und Briana hätte sich am liebsten gleich des Schwertes entledigt und stattdessen ihre Messer gezückt. „Der Kampf kann beginnen."

Erneutes zustimmendes Grölen.

Briana befolgte die Regeln der Kampfkunst, die Aleeke ihr beigebracht hatte. Alexander und sie kreuzten einmal ihre Schwerter und gingen dann jeweils drei Schritte rückwärts auseinander. Dort verbeugten sie sich kurz voreinander und der Kampf begann. Briana ließ das Schwert einmal in ihrer Hand kreisen. Ragnar hatte ihr gezeigt, wie das ging. Sie bekam dadurch ein besseres Gefühl für das Gewicht des Schwertes und wie es sich führte. Zudem wirkte es einschüchternd auf den Gegner. Alexander und sie umkreisten sich einmal, dann griff er an. Mit einem plötzlichen Fechtschritt zu ihr eröffnete er den Zweikampf. Briana parierte und wand sich in einer schnellen Drehung von ihm ab. Sie beobachtete seine Schwertführung und seine Beinarbeit. Er war gut im Schwertkampf, aber es schien nicht seine Lieblingswaffe zu sein. Wieder parierte Briana einen Schlag. Er war deutlich stärker als sie, doch sie war schnell und wendig. Sein nächster Hieb war hoch gezielt und Briana duckte sich in einer Drehung unter seinem Arm hinweg und rammte ihm von hinten ihren Ellenbogen in den Rücken. Falls ihm das wehgetan hatte ließ er sich zumindest nichts anmerken. Er schnellte herum und Briana konnte sein Schwert gerade noch abwehren, bevor es sie am Hals getroffen hätte. Sie hörte wie manche Zuschauer scharf die Luft einzogen. Das war ein kontrollierter Kampf, aber es war doch ein Kräftemessen. Nun ging Briana in den Angriff über. Im Fechtschritt trieb sie Alexander mit kurzen direkten Hieben einmal quer über die Kampffläche. Sie holte nicht aus, sondern befolgte Aleekes Rat. Kurze, spontane Hiebe. Sie gab ihm keine Chance ihre Aktion frühzeitig zu unterbrechen. Nach wenigen Metern konnte er nicht weiter zurückweichen. Ein Hieb gegen sein Schwert. Drehung nach links. Schwertschlag auf Kopfhöhe und gleichzeitig ein Tritt gegen sein Bein. Er wankte kurz, fing sich jedoch schnell wieder. Briana gab ihm etwas Raum und er wich von den Zuschauern und kam wieder weiter in die Mitte. Mit vielen Richtungs- und Tempo-wechseln umrundete Briana ihn und setzte schnelle Hiebe auf verschiedenen Höhen ein. Bald schon kam er nicht schnell genug hinterher und Briana stand für eine Millisekunde vor seinem ungeschützten Rücken. In einem wahren Kampf hätte sie ihren Gegner jetzt erledigen können. Hier aber trat sie ihm von hinten in die Kniekehle und er knickte ein. Ein kurzer Hieb mit dem Schwertgriff auf die Innenseite seines schwertführenden Handge-lenks und schon fiel seine Waffe klirrend zu Boden. Briana ließ von ihm ab und entfernte sich wenige Schritte. Ganz wie sie erwartet hatte, war der Kampf noch nicht vorbei. Auch Alexander befolgte die Regeln der feinen Kampfkunst der verborgenen Welt. Er schob sein Schwert zur Seite und zog die nächste Waffe. Ein einziges Messer. Etwas länger als Brianas Messer. Wieder in der linken Hand. Diesmal überraschte er Briana. Er sprang vor, die linke Hand mit dem Messer bereit zum Stoß. Briana wollte den Schlag parieren, doch Alexander wechselte plötzlich die Taktik. Er übernahm das Messer mit der rechten Hand und konnte so einen Hieb gegen Brianas ausgestrecktes Schwert erzielen. Statt des Schwertgriffes traf seine Waffe hart auf Brianas Unterarm. Der Lederschutz riss an der Stelle auf und Blut trat hervor. Vor Überraschung und Schmerz ließ Briana ihr Schwert fallen. Das siegessichere Grinsen Alexanders Krieger entging ihr nicht. Sie hatte keine Freude mehr an diesem unnötigen Kampf. In einer einzigen geschmeidigen Bewegung ging sie in die Knie und fegte ihm mit ausgestrecktem Bein in einer schellen Drehung die Füße vom Boden. Zu ihrer Zufriedenheit akzeptierte ihr Kleid diese Pirouette und faltete sich elegant zu einem breiten Reif auf. Es sah aus wie ein Tanz. Während Alexander hart auf den Rücken fiel zog Briana noch in der Drehung ihre beiden Messer aus den Halterungen und bevor er wieder auf die Beine kommen konnte, spürte Alexander an seinem Hals zwei eiskalte, überkreuzte Klingen.

Keiner Jubelte. Briana stand auf und half Alexander auf die Beine. Kaum stand er ging er auf ein Knie und neigte den Kopf tief vor ihr. Seine Krieger und Gelehrten taten es ihm gleich. Briana hatte gesiegt.

Eine Kriegerin kam zu ihr und nahm ihr den Lederschutz ab. Stattdessen reichte sie ihr eine schwarze Maske.

„Meine Damen und Herren, der Kampf ist beendet. Es folgt der Abschluss dieses Festes. Der Maskenball. Fühlt euch dazu aufgefordert die Tanzpartner zu wechseln."

Der Ring aus Zuschauern löste sich auf und alle Anwesenden holten sich feine Masken von den Stehtischen. Briana hatte keine Chance in dem Getümmel nach einem ihrer Freunde zu suchen. Die Musik begann und ein Krieger von Alexandria forderte sie zum Tanz auf. Es war ein schneller Tanz mit vielen Drehungen. Immer wieder ertönte ein Glockenschlag und die Tanzpartner reichten die Damen weiter. Briana tanzte mit acht verschiedenen Tanzpartnern und jeder Tanz verlief schweigend. Dabei wurde sie mit einer Mischung aus Bewunderung, Achtung und Misstrauen beäugt. Bei jedem Partnerwechsel wurde die Musik langsamer und ruhiger. Noch ein Partnerwechsel. Ein mittelschneller Wiener Walzer. Ihr Partner musterte sie mit der gleichen Gefühlsmischung und Briana fühlte sich zunehmend unwohl. Zudem war ihr Tanzpartner kein besonders großes Tanztalent und Briana hatte alle Mühe seiner Führung zu folgen. Nach kurzem Zögern überwand sie sich schließlich selbst die Führung zu übernehmen. Sie hoffte inständig, dass dies der letzte Tanz war. Kurz darauf erklang der nächste Glockenschlag. Briana wich von ihrem derzeitigen Tanzpartner ab und neigte wie auch er kurz zum Abschied den Kopf. Sie wandte sich dem am nächsten stehenden freien Tanzpartner zu und wurde unerwartet zur Seite gerissen. Ein großgewachsener Mann zog sie zur langsamen Walzermusik eng an sich. Er hatte kein Problem damit sofort deutlich die Führung zu übernehmen. Durch den dünnen Stoff seines Hemdes fühlte Briana deutlich seine angespannten Muskeln. Die erste Drehung erfolgte. Sein Gesicht war zum Boden geneigt. Er drehte Briana wieder zu sich ein und sie gingen wie selbstverständlich im gleichen Rhythmus. Eine kleine Bewegung seiner Hand und Briana drehte sich erneut. Ihr Herz schlug ihr bis zum Hals.

„Entschuldigt mein plötzliches Auftreten, Auserwählte."

Diese Stimme. Brianas Nackenhaare stellten sich auf und ihr ganzer Körper spannte sich an. Seine Muskeln entspannten sich etwas und erlaubten es, dass Briana ein wenig von ihm abwich. Nach der nächsten Drehung hob er den Kopf.

Diese Augen. Er ist es wirklich.

„Was tun Sie hier?", fragte Briana. Ihre Stimme war brüchig. Er zog sie wieder enger an sich und führte sie in die Mitte der Tanzfläche. Eine Drehung nach außen, wenige Schritte separiert, eine Drehung nach Innen. Enger als zuvor.

„Ich konnte mir diesen Tanz doch nicht entgehen lassen." Seine Stimme. So sehnsüchtig erwartet und nah an ihrem Hals. Brianas Knie gaben nach. Er hob sie für eine Drehung hoch über seinen Kopf. Sie sah von oben in seine Augen. Da war er wieder, dieser Glanz. Und dieses Gefühl von knisternder Elektrizität in ihren Adern. Er setzte sie wieder vor sich auf den Boden und drehte sie sofort in einer Drehung von sich weg. Während sie seiner Aufforderung nachkam sah Briana, wie die anderen sich von der Tanzfläche entfernt hatten und sie unverhohlen anstarrten. Die Drehung nach Innen.

„Wir haben Zuschauer."

„Kein Wunder, du siehst bezaubernd aus in diesem Kleid."

„Danke."

Er drehte sie in einer halben Drehung von sich und gab den Impuls zum außenseitlichen Wechsel. Sein Blick schien sie kurz von oben bis unten zu scannen, dann drehte er sie wieder zu sich ein. Er zog sie enger an sich. Von außen musste es romantisch wirken, doch Briana spürte die Kraft seiner Arme, die sie keinen Millimeter von ihm weichen ließen.

„Ich bin stolz auf dich, Auserwählte. Bis jetzt hast du deine Sache gut gemacht. Ich tat wohl das Richtige, als ich dich rettete." Briana musste schwer Schlucken.

„Den ersten Teil deiner Aufgabe kannst du bald erfüllen. Ich werde dich weiter beobachten. Bitte zwing mich nicht dazu, mich gegen dich stellen zu müssen." Ein Schauer lief Briana über den Rücken. Wieder fühlte sie diese Macht. Die Macht, die sie schon beim letzten Mal bei ihm wahrgenommen hatte. Dieselbe Macht, die sie auch bei dem Buch in Zentrale K gespürt hatte. Etwas Gefährliches ging von ihm aus und doch konnte Briana nicht von ihm lassen. Selbst wenn er sie nicht an sich drücken und gefangen halten würde könnte sie sich nicht von ihm wenden. Etwas an ihm hielt sie gefangen.

„Das Blut steht dir, Auserwählte."

Briana sah zu ihrem Arm herunter. An der Stelle, an der Alexander sie getroffen hatte, quoll noch immer Blut aus einem breiten Schnitt. Warm lief das Blut an ihrem Arm hinunter und tropfte auf das Kleid.

Die Musik wurde schneller und präsenter. Er gab sie frei. Drehte sie noch einmal nach außen. Ein starkes Crescendo. Er drehte sie ein und hob sie noch in der Bewegung hoch über seinen Kopf. Er tat es mit einer Leichtigkeit und sie nahm seine Drohung deutlich war. Sie zu beseitigen wäre ebenso leicht für ihn. Die Musik bauschte sich zu einem letzten Donnern auf, dann verebbte sie ganz. Die Anwesenden brachen in Jubeln und Klatschen aus und er wirbelte sie noch einmal durch die Luft. Dann setzte er sie weich auf dem Boden ab. Er ließ ihr keine Zeit sich zu sammeln, sondern hakte ihren Arm bei sich unter als sei es das Verständlichste der Welt. Er führte sie aus dem Raum und die Türen schlossen sich auf einen kleinen Wink seiner Hand von ganz allein. Sie blieben stehen.

„Hast du das Buch gefunden?" Briana spürte seine rauen Bartstoppel an ihrer Wange.

Es gab nur ein einziges Buch, nachdem er sie fragen konnte. Ein einzelnes Buch, von dem die gleiche Macht ausging wie von ihm. Die gleiche Macht, die sie in sich spürte.

„Ja." Ihre Stimme war ein leiser Hauch.

„Ich werde immer bei dir sein, Auserwählte."

War das eine Drohung oder ein Versprechen? Briana wusste es nicht, doch sie verspürte eine wohltuende Wärme bei seinen Worten. Dann neigte er zum Abschied kurz den Kopf und verschwand in einem der Gänge. Ohne ihn fühlte Briana sich seltsam verlassen und unvollständig.

13

„Das Leben ist nichts weiter als ein großes Spielfeld. Ich bin der Spielführer, die Menschen die Spielfiguren. Sie erfüllen einen Zweck und lassen sich auswechseln, wenn der Spielzug abgeschlossen ist. Und ich, ich steh kurz vor meinem letzten Zug."

- geheime Aufzeichnungen von Kin Chen

Besorgt sah Aleeke Briana hinterher, als sie mit lustlos gesengtem Kopf den Trainingsraum verließ. Seit dem gestrigen Ball verhielt sie sich seltsam still. Dass das etwas mit dem atemberaubenden letzten Tanz zu tun haben musste war klar. Er hatte sie nicht darauf angesprochen, doch er war sich sicher, dass Briana den Fremden bereits gekannt hatte. Die Spannung zwischen den Beiden war so präsent gewesen und hatte den gesamten Tanzsaal ausgefüllt. Alle Anwesenden hatten das gespürt und die Tanzfläche geräumt. Er selbst hatte bei diesem knisternden Gefühl sehnsüchtig zu Esteban gesehen. Wie gern hätte er ihn auf diesem Ball zum Tanz aufgefordert. Doch ihre Liebe musste geheim bleiben. Vielleicht würde schon bald ein neues Zeitalter in der verborgenen Welt anbrechen, in dem auch ihre Liebe toleriert werden wird. Er hoffte es jedenfalls inständig.
Den ganzen Rückflug hatte Briana kein Wort gesagt. Sie hatte lediglich stumm in ein leeres Buch gestarrt als würde sie darin etwas sehen, was niemand außer ihr sehen konnte. Er erinnerte sich daran, wie sie plötzlich ganz gebannt mit leuchtenden Augen eine Seite im Buch angestarrt hatte. Wie sie mit dem Finger eine unsichtbare Schrift nachgefahren ist und kurz verträumt gelächelt hatte. Doch so schnell dieser Augenblick gekommen war, so

schnell war er auch wieder vorbei und Aleeke war auch die eine Träne, die ihr kurz vor der Ankunft an der Zentrale über die Wange geflossen war, nicht entgangen. Doch er hütete sich davor sie darauf anzusprechen. Wer immer der Fremde war, er war ihr Geheimnis. Und ihrs allein. Doch mittlerweile fragte Aleeke sich, ob dieses Geheimnis so gut für Briana war. Sie war am Morgen mit deutlichen Augenringen beim Frühstück aufgetaucht. Adelines Anruf hatte sie auch nicht aufgeheitert, dabei waren es gute Neuigkeiten, die sie uns mitteilte. In der Zentrale von Alexandria hatte sich nur ein Spion der Hauptzentrale befunden und der saß nun übergangsweise eingeschlossen in einem kleinen Kellerraum. Somit stand der Mission nichts mehr im Weg. Briana jedoch hatte nicht einmal gelächelt. Sie hatte die Nachricht mit einem bloßen Nicken abgehakt und war in der Bibliothek verschwunden. Aleeke wusste beim besten Willen nicht, wie er ihr helfen konnte. Auch Esteban und die anderen schienen ratlos. Also hatte er sie zu einem Kampf aufgefordert, doch der Verlauf war kläglich gewesen. Wenn sie sich bis zur Mission nicht im Griff hatte würde sicherlich einiges schief gehen.

„Wie lief es?", fragte Esteban und schloss die Tür hinter sich. „Katastrophal", Aleeke seufzte und setzte sich an den kleinen Tisch in der Ecke. Enttäuscht ließ er sein Schwert klirrend auf die Tischplatte fallen. „Du weißt, wie sie sonst kämpft. Es liegt ihr im Blut. Sie ist die Auserwählte. Nur eine Woche Training haben genügt und sie kann schon besser kämpfen als jeder einzelne von uns. Aber wenn sie sich bei der Mission so anstellt wie gerade eben, dann haben wir ein Problem." Seufzend sah er Esteban in die Augen und musste den Impuls, ihn sofort zu küssen, unterdrücken.

„Ihr fehlt die Erfahrung. Die Gefühle von der Mission zu trennen, dass liegt niemandem im Blut. Dass muss man lernen und dafür braucht es Zeit, auch bei ihr. Ich bin mir sicher, dass sie sich rechtzeitig wieder fängt." Aufmunternd griff Esteban nach Aleekes Hand und drückte sie leicht. Aleeke erwiderte den Druck und sie sahen sich kurz in die Augen. Der Moment war himmlisch und kurz. Mehr durften sie sich nicht erlauben. Auch wenn keiner ihrer Freunde hier in der Zentrale ein Problem damit hätte oder sie verpfeifen würde konnten sie sich nicht ihrer Liebe hingeben. Sie waren Krieger, sie befolgten die Befehle, die man ihnen gab. Aber sie hofften, dass die lange Zeit, 250 Jahre, um genau zu sein, des Wartens bald vorbei waren.

„Es ist schon spät, Aleeke. Wir müssen morgen früh aufstehen und nach London fliegen", Esteban sah auf die Uhr und stand auf. „Hast du den Jet schon vorbereitet?"

„Ja", auch Aleeke erhob sich. Kurz standen sie sich schweigend gegenüber, dann nahm Aleeke sein Schwert und ging aus dem Raum.

Rumpelnd parkte Ragnar den Jeep in der Nähe der Londoner Zentrale. Wenn ihre Karten nicht fehlerhaft waren befanden sie sich jetzt einige Meter über dem Südflügel der Zentrale. Im Südflügel befanden sich die Räume der Gelehrten und Esteban meinte, dass sie dort am ehesten einige wertvolle Informationen finden könnten, ohne sofort entdeckt zu werden. Briana kletterte aus dem großen Auto und trat dann lautlos zu Ragnar in die kalte Dezembernacht. Der Kampfanzug aus dünnem schwarzem Leder passte sich perfekt jeder ihrer Bewegungen an und Briana über-prüfte noch einmal die beiden Messer an ihrem Gürtel. Die Messer waren scharf und leicht zu greifen. Auch wenn es nicht ihre gewohnten Waffen waren konnte sie sich mit diesen gut verteidigen. Ihre eigentlichen Waffen hatte sie Aleeke gegeben, damit er sie mitbrachte, wenn sie gegen die Hauptzentrale kämpfen würden. Sie jetzt schon bei dieser Mission zu gebrau-chen wäre reine Verschwendung gewesen. Wenn sie sich gefangen nehmen lassen werden ihnen wahrscheinlich als erstes die Waffen abgenommen.

„Hast du den Peilsender?", fragte Briana flüsternd.

„Ja", Ragnar klang selbstsicherer als Briana sich fühlte. Der Teil der Mission, der jetzt vor ihnen lag, war leicht. Aber sie wollte sich nicht vorstellen, was als nächstes auf sie zukommen wird.

„Bereit?", fragte Ragnar. Briana nickte ihm zu und er reichte ihr das Funkgerät.

„Sind alle auf Position?", fragte Briana und das Funkgerät antwortete zuerst nur mit Rauschen. Dann knisterte es und Aleeke meldete, dass seine Gruppe auf Position ist. Danach meldete sich eine fremde Stimme und sagte, dass sie die Luke in wenigen Minuten öffnen werden. Ragnar legte das Funkgerät zurück in den Jeep und forderte Briana auf ihm zu folgen. Schnell schlichen sie durch den St. Jame's Park, bis sie den vereinbarten Busch erreichten. Nach wenigen Minuten des Wartens hob sich der Busch an und ein dunkles Loch klaffte vor ihnen auf. Die Luke wurde elektronisch geöffnet und würde sich in zwei Minuten wieder schließen. Also knipste Ragnar seine Taschenlampe an und leuchtete in die Dunkelheit. Eine steile Treppe führte in die Tiefe, das Ende der Treppe war nicht zu erkennen. Schnell kletterte er voran und Briana folgte ihm. Als die Luke sich kurz darauf schloss empfing sie die Finsternis. Das einzige Licht kam von der kleinen Taschenlampe. Schnell kletterten sie die Leiter runter. Gerade als Briana sich fragte, ob dieser Abstieg wohl jemals enden würde, erreichten sie den Boden. Briana knipste auch ihre Taschenlampe an und gemeinsam huschten sie zur ersten Tür. Sie war nicht verschlossen und sie schlüpften hinein. Drinnen angekommen schaltete Ragnar das Deckenlicht an und sie sahen sich in dem kleinen Raum um. Es war eins der bewohnten Zimmer und Briana ging direkt zum Schreibtisch. Gemeinsam durchforsteten sie acht Zimmer, ohne auch nur einen interessanten Fund zu machen. Enttäuscht schloss Briana die Tür hinter ihnen und sie standen wieder auf dem dunklen Flur. Sie hatten nur noch einen Raum vor sich, dann würden sie sich den nächsten Gang vornehmen. Ragnar leuchtete mit der Taschenlampe den Weg und sie huschten zur letzten Tür. Als Ragnar die Klinke runterdrückte ging ein lauter Alarm los und eine Sicherheitstür schloss sich vor dem Ausgang. Obwohl es von Anfang an zu ihrem Plan gehört hatte, sich ertappen zu lassen, lief Briana ein kalter Schauer über den Rücken.

„Bleib ganz ruhig", raunte Ragnar ihr zu. Jetzt würde der schmerzhaft Teil ihres Plans beginnen. „Kämpf solange bis sie dich besiegen aber schau, dass du möglichst unverletzt aus dem Kampf kommst." Er sah ihr aufmunternd in die Augen und Briana straffte den Rücken. In Gedanken war sie diesen Teil des Plans unendlich häufig durchgegangen. Hart genug kämpfen, dass man ihnen den Kampf glaubte und schnell genug aufgeben um nicht verletzt oder getötet zu werden. Sie schloss die Augen und atmete tief durch. Als die Sicherheitstür aufschwang zog sie ihre Messer und griff die Krieger der Hauptzentrale direkt an. Den ersten Gegner konnte sie noch problemlos entwaffnen, doch der Kampf dauerte trotzdem nur wenige Sekunden. Sie hatten immer mit zehn oder fünfzehn Kriegern gerechnet, nicht aber mit einem ganzen Gang voll Kriegern in purpurnen Kampfanzügen. Die Farbe des Königshauses. Der Teil des Plans war somit aufgegangen. Die Krieger überwältigten sie mit Leichtigkeit und entwaffneten sie. Ein harter Tritt von hinten sorgte dafür, dass Briana der Länge nach auf den Boden fiel. Ragnar erging es nicht besser. Sie wurde an den Haaren gepackt und auf die Knie gezogen, eine kalte Klinge an ihrem Hals.

„Stopp", der Anführer der Krieger trat vor und musterte sie ausgiebig. „Wen haben wir denn da?" brummte er dann und Briana meinte in seinen Augen so etwas wie Freude zu erkennen. „Wenn das nicht unsere Lieblingsfeinde sind." Er ging vor Briana in die Knie und strich ihr über das Gesicht. Angewidert versuchte Briana sich abzuwenden, doch die Klinge an ihrem Hals ließ das nicht zu. „Nimm die Finger von ihr", knurrte Ragnar. Selbst als Gefangener ging von ihm eine bedrohliche Aura aus und Briana war froh, ihn bei sich zu haben.

„Da ich dich nicht kenne, Schätzchen, tippe ich mal darauf, dass du die Auserwählte bist." Der Anführer ignorierte Ragnar und ließ Briana nicht aus den Augen. Bei seinen Worten streckten einige seiner Krieger die Köpfe und versuchten einen Blick auf Briana zu erhaschen. „Die Königinnen werden sich freuen, dich endlich in ihrem Domizil begrüßen zu dürfen. Sie haben schon sehnlichst darauf gewartet." Meinte er und stand dann auf. „Fesselt sie und transportiert sie ab."

„Was sollen wir mit ihm machen?", fragte die Frau, die Ragnar gefangen hielt. Der Anführer würdigte Ragnar keines Blickes. „Er ist ein Verräter." Damit wandte er sich ab und ging los. Schnell genug damit Briana es noch sehen konnte, schnitt sie, ohne zu zögern, Ragnars Kehle durch und ließ seinen leblosen Körper auf den Boden fallen. Brianas Schrei wurde durch einen Knebel erstickt. Heiß rannen ihr die Tränen über die Wange. Ihr Blickfeld verschwamm und als die Krieger sie hochzerrten versagten ihre Knie. Stur zerrten sie über den Boden. Der Weg dauerte nicht lange. Von mehreren bewaffneten Männern begleitet wurde sie in einen Aufzug gedrängt und an die Oberfläche gebracht. Dort angekommen wurde sie unsanft über eine Rampe in einen Transporter gestoßen und kam hart auf den Knien auf. Hinter ihr wurde die Tür mit mehreren Schlössern gesichert und der Transporter setzte sich in Bewegung. Brianas Gehirn fing nur langsam wieder an zu funktionieren. Vor ihrem inneren Auge sah sie noch immer Ragnars leblosen Körper. Sie dachte an Grace, die soeben ihren Freund verloren hatte und nichts davon wusste. Natürlich hatten sie davon gesprochen, dass sie gefoltert und womöglich umgebracht werden würden, aber dass es tatsächlich so weit kommen würde hatte Briana nicht gedacht. Sie dachte an die Zeit, die ihr nun bevorstehen wird. Sie werden sie foltern und ausquetschen und wenn sie nichts aus ihr herausbekommen werden sie sie auch töten. Sie würde alles alleine durchstehen müssen, hatte keinen Freund an ihrer Seite. Und keinen Peilsender, durchzuckte es sie. Ragnar hatte den Peilsender nicht sie. Wie um alles in der Welt sollten ihre Freunde sie finden. Sie setzte sich auf und lehnte sich an die Wand des Transporters. In dem Laderaum gab es nichts was ihr weiterhelfen konnte. Sie war verloren. Plötzlich beschleunigte das Fahrzeug immer weiter. Sie rasten um eine Kurve und Briana verlor den Halt. Sie rutschte quer durch den Laderaum. Bei der nächsten Kurve verlor sie die Orientierung und als das Fahrzeug mit quietschenden Reifen anhielt wurde sie durch die Luft geschleudert und knallte hart gegen die Wand des Innenraums. Um sie herum wurde alles schwarz.

Langsam kam Briana zu sich. Sie lag auf einem kalten steinernen Boden und die Handfesseln schnürten sich unangenehm in ihre Haut. Als sie den Kopf hob überkam sie Übelkeit und ließ ihn schnell wieder sinken. Nur langsam gewöhnten ihre Augen sich an die Dunkelheit. Im spärlichen Licht einer einzigen Fackel konnte sie die kleine Zelle betrachten, in der sie sich befand. Mit einer Eisenkette war sie an die Wand gekettet. Außer ihr befand sich nichts in der Zelle. Von der Decke tropfte Wasser monoton auf den Boden und sammelte sich in einer kleinen Pfütze. Briana machte kein Geräusch, blieb reglos liegen und hoffte ihre Freunde würden sie finden. Das stetige Tropfen des Wassers machte sie verrückt. Vorsichtig richtete sie sich auf und lehnte sich gegen die kalte Wand. Die Ketten gaben ein hässliches Geräusch von sich und kurz darauf hörte Briana wie sich eine Türe quietschend öffnete. Stampfende, im Gleichschritt marschierende, Schritte näherten sich ihrer Zelle. Vage konnte sie die Umrisse von vier Personen vor dem Gitter erkennen. Eine dieser Personen trat vor und schloss die Zelle auf. Sofort eilten die Personen zu ihr und rissen sie unsanft auf die Beine. Die Kette wurde abgemacht und zwei der Wachen hakten Briana unter und zerrten sie aus dem Raum. Verzweifelt versuchte sie auf den Füßen zu bleiben und kämpfte sich eine schmale Treppe nach oben. Durch eine dicke Holztür gelangten sie in einen großen Saal. Auf einem Podest standen zwei Throne, vor dem Podest ein hölzerner Stuhl. Die Wachen drückten Briana unsanft auf den Stuhl und Banden ihre Handgelenke an der Rückenlehne fest. Schweigend postierten sich zwei der Wachen hinter ihr, die anderen zwei gingen zu einer großen Tür und nahmen daneben ihren Posten ein. Für einige Minuten passierte nichts, dann wurde die Tür geöffnet und zwei bewaffnete Soldaten kamen in den Raum. Sie stellten sich hinter die zwei Throne, dann betraten zwei Frauen den Raum. Sie durchschritten den Raum, ohne einen der Anwesenden auch nur eines Blickes zu würdigen. In ihren bodenlangen Kleidern erklommen sie huldvoll das Podest und nahmen ihre Plätze ein. Erst dann sahen sie Briana an. Briana kannte die Königinnen von Fotos aus Estebans Geschichtsunterricht. Er nannte sie die kalten Zwillinge. Helene und Saphira, seit 1049 Jahren an der Macht, standen kurz vor ihrem Ziel mit allen vorhandenen Büchern der Welt nach Nandana zu gelangen. Dabei gehörte es nicht zu ihrem

Plan, die anderen Mitglieder der verborgenen Welt mit sich kommen zu lassen, wie sie es offiziell versprochen hatten. Sollten die anderen doch hier auf der Erde im Krieg versinken. Sie hatten keine ernst zu nehmenden Konkurrenten, außer diesem seltsamen Mädchen auf dem hölzernen Stuhl. Irgendwie war Saphira enttäuscht. Sie hatte sich die Auserwählte immer als würdigen Gegner vorgestellt und jetzt saß hier ein junges Mädchen von völlig durchschnittlicher Erscheinung. Die Wachen hatten in London nur wenige Sekunden gebraucht um sie gefangen zu nehmen und sie schien leicht zu brechen zu sein. Eindeutig kein würdiger Gegner für sie und ihre Schwester. Mit ihren eisblauen Augen musterte Saphira die Gefangene von oben bis unten. Aus einer Wunde an der Stirn lief das Blut an ihrem Gesicht hinab, doch das Mädchen schien das gar nicht wahr zu nehmen. Sie saß aufrecht auf dem Stuhl, das Kinn trotzig erhoben. Sie wirkte wie ein verlorenes Kind, dachte Saphira. Sie würde ihren Spaß mit ihr haben.

„Du also bist die Auserwählte", brach ihre Schwester die Stille. Ihre grünen Augen funkelten und sie warf sich ihre langen blonden Haare über die Schulter. „Willkommen in unserem Anwesen." Ihr falsches Lächeln blitzte auf und Saphira war es so satt ihre eintönigen Tage mit ihr zu verbringen. Sie wollte nach Nandana, dort mit Oswald dem Mutigen regieren und ein Reich aufbauen, das vor Vollkommenheit nur so strahlt. Ihre Schwester hatte keinen Platz in dieser neuen Welt. Aber sie brauchte das Blut der Auserwählten, um nach Nandana zu kommen, so hieß es zumindest in der Legende. Nur wusste Helene das nicht, sie wollte das Mädchen umbringen. So schnell wie möglich.

„Auserwählte, schließ dich uns an. Komm mit uns nach Nandana." Die erhoffte Reaktion blieb aus. Das Mädchen starrte an ihr vorbei an die Wand. Es wirkte fast, als beobachtete sie dort etwas. „Hörst du nicht?", schrie sie wutentbrannt auf. Sie war es nicht gewohnt, dass ihre Worte so selbstverständlich ignoriert wurden. Nun aber zuckten die Augen des Mädchens zu ihr. Sie ruhten auf ihr und Saphira spürte eine unendliche Last auf sich drücken. „Danke, ich bleibe lieber hier." Die Stimme des Mädchens war ruhig und gelassen. Zu gelassen, fand Saphira. Die Situation gefiel ihr nicht. Sie hasste dieses Mädchen und musste sich zusammenreißen, um sie nicht sofort zu enthaupten. Sie musste sich damit noch wenige Tage gedulden. Ihre Schwester hatte sich nicht so gut im Griff. Hasserfüllt sprang sie auf und war mit wenigen Schritten bei der Gefangenen. In einer fließenden Bewegung zog sie ihr Schwert und holte aus.

„Helene, nicht", Saphiras Stimme durchschnitt den Raum und die Klinge ihrer Schwester stockte nur wenige Millimeter vor dem Hals der Gefangenen.

„Lass uns die Hinrichtung öffentlich machen. Als Warnung für alle, die sich gegen uns stellen wollen." Die Lüge müsste ihre Schwester zufrieden stellen. Zumindest für den Moment.

„Aber", setzte Helene an.

„Wenn du jemanden töten möchtest tu dir keinen Zwang an, aber das Mädchen stirbt heute noch nicht." Sie setzte sich zufrieden mit sich selbst auf ihren Thron und beobachtete ihre Schwester. In Vorfreude auf das Schauspiel, das sich ihr gleich bieten wird, lehnte sie sich genussvoll zurück. Ihre Schwester enttäuschte sie ausnahmsweise nicht. Zwei schnelle Bewegungen und die beiden Wächter hinter der Gefangenen sanken leblos zu Boden. Sie hatten nicht einmal Zeit gehabt ihre eigenen Schwerter zur Verteidigung zu ziehen. Helene wischte die blutüberströmte Klinge an der Gefangenen ab und nahm dann ebenfalls ihren Platz auf dem Thron ein.

„Habt ihr eure Meinung geändert, Auserwählte?", versuchte Saphira es erneut, doch ihre Frage hing unbeantwortet im Raum. Das Mädchen würdigte sie keines Blickes. „Werft sie in den Kerker, kein Essen, kein Licht, kein Kontakt." Sie schnippte mit dem Finger und die beiden Wachen, die bewegungslos neben der Tür standen eilten los. Hart zerrten sie die Gefangene vom Stuhl und schleiften sie hinter sich her durch den Raum. An der Tür, die zum Kerker führte, stießen sie das Mädchen die Treppe nach unten. Die Gefangene gab noch immer keinen Ton von sich. Wütend und enttäuscht stand Saphira auf. Sie würdigte ihrer Schwester keinen Blick. Womit hatte sie diese Idiotin an ihrer Seite nur verdient? Fast schon wünschte sie sich, Helene wäre vom Charakter und der Stärke her ein wenig mehr wie das dumme Mädchen in ihrem Verließ.

14

„Die Qualen waren unerträglich. Sie haben mich geschlagen, erniedrigt und Hungern lassen. Ich hatte mir einen schnellen Tod so sehr gewünscht. Ein wenig länger in ihrem Verließ und ich hätte den Verstand verloren."

- Aufzeichnungen eines geflüchteten Gefangenen der Königinnen

Verzweifelt lief Aleeke in dem kleinen Zimmer auf und ab. Der Plan war nicht so verlaufen wie sie es gehofft hatten. Als der Peilsender sich nicht von der Stelle bewegt hatte waren er und Grace ebenfalls in die Zentrale eingebrochen und hatten Ragnars Leiche gefunden. Nie würde er den Ausdruck auf dem Gesicht von Grace vergessen. Das blanke Entsetzen. Er wollte sich gar nicht vorstellen wie es ihm ergehen würde, wenn Esteban an Ragnars Stelle gewesen wäre. Grace hatte seitdem nicht mehr gesprochen. Sie saß blass und verstört auf dem Sofa und starrte Löcher in die Wand. Er konnte es ihr nicht verdenken und doch wünschte Aleeke sich, sie würde endlich darüber reden. Sie waren Krieger in einer laufenden Mission, sie konnten sich keine Einschränkungen durch Gefühle erlauben. Das führte nur zu Fehlern und brachte alle anderen in Gefahr. Aber er brachte es nicht übers Herz sie darauf anzusprechen. Ragnar hatte sie in einem Café kennengelernt und die beiden hatten sich sofort ineinander verliebt. Er hat sie in die verborgene Welt eingeführt und sie zu der Kriegerin ausgebildet, die sie jetzt ist. Er war ihre Welt. Ihre Trauer war verständlich. Noch jetzt, einen Tag nach dem fehlgelaufenen Plan fragte Aleeke sich, wie er Ragnar und Grace aus der Zentrale geschafft hatte ohne, dass sie entdeckt wurden. Sie hatten Glück gehabt. Briana jedoch weniger, und das brachte ihn zurück zu seiner Besorgnis. Sie hatten nur einen Peilsender gehabt und es war zu vermuten, dass die Königinnen Briana einer strengeren Kontrolle unterziehen würden als Ragnar. Somit wäre die Wahrscheinlichkeit, dass sie den Peilsender entdecken, bei Ragnar um einiges kleiner gewesen. Sie hatten nicht damit gerechnet, dass sie Ragnar einfach umbringen würden. Esteban und die anderen Gelehrten aus der Zentrale in Alexandria hackten sich gerade in sämtliche Überwachungskameras Londons und versuchten herauszufinden, wohin man Briana gebracht hatte. Aleeke hasste es, so hilflos zu sein. Er konnte nichts tun, außer zu warten und zu hoffen. Die Minuten wurden zu Stunden. Seine dunkle Fantasie wurde immer grausamer und er stellte sich die schlimmsten Szenarien vor. Sie durften Briana nicht verlieren. Sie war ihm ans Herz gewachsen. Sie hatte noch eine Prophezeiung zu erfüllen und musste ihre Welt noch in ein neues Zeitalter führen.

„Aleeke?", ein junger Krieger stand in der offenen Tür. „Wir haben vielleicht einen Hinweis." Sofort stürmte Aleeke aus dem Raum und platzte in den Besprechungssaal, in dem die Gelehrten an einem neuen Plan tüftelten.

„Was haben wir?", fragte er ungeduldig und sah Esteban flehend an.

„Koordinaten. Wir wissen aber nicht, ob es eine Falle ist."

„Wir müssen es riskieren. Vielleicht können wir eine Vorgruppe losschicken, die die Stelle etwas ausspioniert und dann kann im Idealfall das ganze Team nachkommen. Wir müssen sie befreien, Esteban. Wer weiß was sie ihr antun."

„Neue Nachricht", rief einer der Gelehrten und öffnete einen Ordner an seinem Computer. Auf der Leinwand erschienen eine kurze Nachricht und das Profil eines Mannes.

„Ich kenn ihn. Das ist der Mann vom Ball. Wir können ihm trauen", rief Aleeke begeistert.

„Dann nichts wie los." Esteban klatschte in die Hände. „Alle Krieger und Gelehrten. Macht euch bereit und vergesst nicht eure Waffen. Die Jets stehen bereit. In 5 Minuten geht es los." Seine Worte schallten laut durch alle Lautsprecher und augenblicklich ging das Getümmel los. Aleeke schnappte seine Waffen und rannte neben Esteban zu den Maschinen. Es war soweit. Der Kampf konnte beginnen.

Briana hatte ihr Zeitgefühl verloren und sie fürchtete, als nächstes ihren Verstand zu verlieren. Außer dem monotonen Tropfen des Wassers bekam sie um sich herum nichts mit. Die Fackel war auf Geheiß der Königinnen entfernt worden und die Wachen hatten ihre Stellung vor der Zelle aufgegeben und sich stattdessen vor dem Haupttor platziert. Briana konnte sie weder hören noch sehen. Tatsächlich konnte sie gar nichts sehen. Nicht einmal ihre eigene Hand. Sie lehnte mit dem Rücken an der kalten und nassen Kerkerwand und versuchte ihren Hunger und die Schmerzen auszublenden. Helene hatte es nicht lassen können und hatte Briana nach einer Weile aus dem Kerker holen lassen. Sie hatte Briana einige Kämpfe gegen ausgebildete Krieger kämpfen lassen und sich bei jedem Hieb den Briana abkam sichtbar gefreut. Nach einer Weile schien sie der Unterhaltung überdrüssig geworden zu sein und hatte Briana zurück in den Kerker führen lassen. Seitdem kauerte sie hier auf dem Boden und versuchte ihre Gedanken zu kontrollieren. Es gestaltete sich als ausgesprochen schwierig angesichts ihrer aussichtslosen Lage nicht in Panik zu verfallen. Sie hatte mehrfach versucht an die Gittertür zu gelangen, doch die eiserne Fußfessel ließ das nicht zu. Nach mehreren erfolglosen Versuchen hatte sie schließlich aufgegeben und versucht ein wenig zu schlafen, doch das Nerv tötende Tropfen ließ auch das nicht zu. Sie hatte den gesamten Bereich, in dem sie sich bewegen konnte, nach einem Stein abgetastet, mit dem sie ihre Fußfessel hätte loswerden können. Doch auch dieser Versuch erwies sich als aussichtslos. Kein einziger Stein lag in ihrem Gefängnis. Verzweifelt versuchte sie an etwas Schönes zu denken. Sie dachte an ihre Freunde und ihr Gedankenkarussell endete jedes Mal bei Ragnar. Schließlich lenkte sie ihre Gedanken auf ihren unbekannten Retter. Sie dachte an den Tanz mit ihm, an seine sanften Berührungen, die trotz allem voller Kraft waren. Sie dachte an das Kribbeln in ihren Adern, das sie verspürte, sobald sie ihm oder Büchern nahekam. Und schließlich fielen ihre Gedanken auf das seltsame, leere Buch, das eine besondere Anziehung auf sie ausübte. Bei diesem Gedanken rauschte das Kribbeln erneut durch ihre Adern. Sie dachte daran, wie er sie nach dem Tanz nach dem Buch gefragt hatte. Das Kribbeln wurde stärker. Vor ihrem inneren Auge sah sie das Buch. Sah, wie sie es nach dem Tanz im Flugzeug aufgeschlagen und angestarrt hatte. Wie das Kribbeln sie beinahe übermannt hatte und dann eine blasse geschwungene Schrift aufgetaucht war. „Die Magie liegt in dir."

Während sie mit dem Finger die wenigen Worte nachgefahren war, hatte sie sich eingebildet seinen Atem an ihrem Hals zu spüren. Sie hatte seinen Blick auf sich ruhen gespürt und das Kribbeln in ihren Adern war soweit angewachsen, dass sie es kaum noch ausgehalten hatte. Dann war die Schrift wieder verschwunden und sie hat sich vollkommen leer gefühlt.

Die Magie liegt in dir.

Wieder loderte in ihr das unbeschreibliche Gefühl von Kraft auf. Diesmal war es zum Greifen nah. Fast konnte sie es ganz Greifen und an die Oberfläche ziehen, doch bei dem Versuch, ihre Kraft freizusetzen, verlor sie das Gefühl von Neuem.

Die Magie liegt in dir.

Nach unzähligen Minuten in absoluter Finsternis hörte Briana schließlich das Quietschen der sich öffnenden Tür. Wieder kamen Krieger im Gleichschritt zu ihrer Zelle und öffneten die Tür. Mit einer Fackel leuchtete einer der Krieger auf die Eisenkette und sie wurde abgenommen. Briana stand auf und sah den Kriegern wütend in die Augen. Zwei von ihnen packten Briana an den mit Schnitten übersäten Armen und zerrten sie aus der Zelle. Sie stolperte die Treppe nach oben, dem Licht entgegen. Dort angekommen kniff sie geblendet die Augen zusammen und versuchte mit den Kriegern Schritt zu halten. Wieder wurde sie vor das Podest geführt. Dort befand sich ein reichlich gedeckter Tisch und Brianas Magen zog sich vor Hunger zusammen. Die Königinnen betraten den Raum, nahmen auf dem Thron Platz und fingen an zu essen. Ein Krieger legte Briana eine Halsfessel an und band sie damit an einem dicken Stab fest. Sie hatte einen Radius von zwei bis drei Metern in dem sie sich frei bewegen konnte. Regungslos blieb sie stehen und sah die Königinnen hasserfüllt an. Durch eine kleine Tür, die Briana bis dahin gar nicht aufgefallen war, kam eine Frau in ihrer Größe. Sie trug ihren Kampfanzug, war aber ansonsten nicht bewaffnet. Sie verbeugte sich tief vor den Königinnen und wandte sich dann an Briana. Briana meinte kurz Angst in ihren Augen zu sehen, dann griff sie sie an. Ihre Fäuste rammten sich hart in Brianas Bauch und sie musste sich zusammenreißen, um nicht sofort auf den Boden zu sinken. Während sie der nächsten Faust auswich erhaschte sie einen kurzen Blick auf die Königinnen. Sie aßen Suppe aus goldenen Schalen und tranken Wein. Amüsiert beobachteten sie das Geschehen. Der nächste Schlag traf Brianas Schulter und sie stolperte hart zu Seite. Schnell wandte sie sich wieder ihrer Angreiferin zu und fing ihren nächsten Schlag ab. Sie hielt ihre Faust in ihrer Hand, griff mit der freien Hand nach dem Arm der Angreiferin und warf sie mit einer Drehung auf den Boden. Noch bevor sie sich aufrappeln konnte klatschte Saphira in die Hände und einer der Wachen kam und brachte die Frau aus dem Raum. Während die Königinnen die Suppe beendeten stand Briana reglos da. Schließlich kamen Diener und brachten den nächsten Gang. Zudem kam ein großer, breitschultriger Mann in den Raum. Auch er verneigte sich tief vor den Königinnen und kam dann feixend auf Briana zu. Den nächsten Gang werde ich wohl nicht mitbekommen, dachte Briana und machte sich bereit für den Kampf.

Das Mädchen sah ihr angewidert in die Augen und Saphira prostete ihr zur Antwort mit dem randvollen Weinglas zu. Beim Anblick des frisch zubereiteten Carpaccios auf ihrem Teller lief ihr das Wasser im Mund zusammen. So liebte sie ihr Mittagessen. Der Krieger umrundete die Gefangene einige Male und schnellte dann vor. Sein Schlag traf sie hart in die Magengrube und das

Mädchen krümmte sich vor Schmerzen. Freudig reichte Helene ihr den Brotkorb und sie griff zu. Dies würde sich zu einem ihrer Lieblingstage entwickeln, dessen war sie sich sicher. Gestern war die Gefangene hierhergekommen, heute hatte sie ihren Spaß mit ihr, morgen würde sie Helene umbringen und dann einen Tag danach die Auserwählte opfern und nach Nandana gehen. Alles lief perfekt. Das Mädchen bewegte sich schnell und geschickt, das musste man ihr lassen, aber gegen den routinierten riesenhaften und zudem bewaffneten Krieger hatte sie ohne eigene Waffen nicht die leiseste Chance. Sie wollte sich unter seinem Schlag hinwegducken, doch mit der anderen Hand schlug er ihr dabei hart gegen die Halsfessel. Zum ersten Mal, seit das Mädchen in Gefangenschaft ist, schrie sie vor Schmerzen laut auf. Helene konterte mit einem kalten Lachen, bei dem sich auch Saphira die Nackenhaare aufstellten. Der Krieger schien die kleine Showein- lage genauso zu genießen wie Saphira selbst, denn er gab der Gefangenen Zeit sich zu sammeln, bevor er wieder angriff. Er war sich seiner Überlegenheit sicher. Das Mädchen sah sich kurz suchend im Raum um, dann drehte sie sich blitzschnell um und rannte los. Ihre Fessel erlaubte es ihr nicht, weit zu rennen, aber das schien sie auch nicht vorgehabt zu haben. Mit einer Körper- täuschung gelang sie hinter den Krieger und trat ihm hart in die Kniebeuge. Noch während er auf die Knie sank griff sie nach ihrer eigenen Fessel und drückte dem Krieger die Eisenkette hart an den Hals. Sie zog hart daran doch mit einem gezielten Hieb mit dem Ellenbogen konnte er sich befreien. Schnell versuchte das Mädchen Abstand zwischen sich und den Mann zu bekommen, doch er riss sie hart an der Halsfessel zurück. Sie landete auf dem Boden und er trat hart mit dem Fuß auf sie ein. Nur ein paar Mal, dann zog er sie auf die Füße und stieß sie von sich. Sie taumelte nach hinten. Diesmal gab er ihr keine Zeit, um sich zu sammeln, sondern schlug gleich auf sie ein. Sie bekam Nasenbluten und er schlug ihr mehrfach in den Bauch. Verzweifelt versuchte die Ge- fangene sich zu wehren, doch er nahm sie und stieß sie weg. Mit dem Kopf knallte sie hart gegen die Eisenstange und sank auf den Boden. Regungslos blieb sie liegen. Helene stand auf und klatschte dem Krieger begeistert Beifall. Er verbeugte sich vor ihr und verließ grinsend den Raum. Saphira klatschte wieder in die Hände und die Wachen kamen, um die Gefangene in die Zelle zu bringen. Neugierig auf den Nachtisch klatschte sie abermals in die Hände. Was für ein Festessen.

Auf sein Signal hin sprangen eine Handvoll Krieger aus dem Versteck und schaltete die Wachen des Seiteneingangs aus. Sie fesselten und knebelten sie und ließen sie liegen, dann schlich die gesamte Gruppe in die Zentrale. Sie waren zusammen knapp fünfzig Krieger und Gelehrte und vermuteten, dass sich nicht viel mehr Krieger in der Zentrale befanden. Wenn sie in keinen Hinterhalt gerieten würden sie tatsächlich eine Chance haben. Aleeke schlüpfte vor den anderen in den dunklen Gang der Zentrale und bedeutete den anderen ihm zu folgen. Esteban war genau hinter ihm und zog Grace mit sich. Sie hatte darauf bestanden mitzukommen, um Ragnar zu rächen und sie konnten sowieso jede Hilfe gebrauchen. So schnell wie fünfzig bewaffnete Menschen eben schleichen können huschten sie durch die Gänge. Unterwegs trafen sie auf einzelne Krieger, die sie überrumpelten, bevor diese Alarm schlagen konnten. Vorsichtig lugte Aleeke in den nächsten Gang. Er schien leer und so gingen sie weiter. Nach wenigen Schritten riss ihn jemand von der Seite am Arm herum und hielt ihm eine Klinge an den Hals.

„Entschuldigt dieses plötzliche Erscheinen." Aleeke wagte nicht sich zu rühren und auch die anderen Krieger standen mit gezückten Waffen regungslos da.

„Ich habe euch die Koordinaten geschickt, ich bin auf eurer Seite." Wie als Beweis ließ er Aleeke los und steckte das Messer weg. Als Aleeke sich zu dem Mann umdrehte erkannte er ihn tatsächlich als den Unbekannten vom Ball wieder.

„Die Auserwählte ist im Kerker", fuhr dieser unbeirrt fort. „Ich kann euch dorthin führen, wenn ihr wollt." Aleeke nickte und ignorierte Estebans entschiedenes verneinen. Sie hatten keine andere Wahl als dem Mann zu vertrauen. Er bedeutete ihm still vorzugehen und sie folgten ihm durch mehrere Gänge. Schließlich kamen sie an eine kleine Tür, die von mehreren Kriegern bewacht wurde. Ohne den Fremden hätten sie den Weg nie schnell genug gefunden. Lautlos pirschten sich Aleeke, Esteban und der Unbekannte an die Wachen an. Sie überwältigten sie, bevor diese einen Mucks von sich geben konnten. Wieder gab Aleeke ein Zeichen und fünf Krieger lösten sich aus der dichten Traube. Schnell huschten sie zu ihnen und schleppten die überwältigten Wachen mit sich die schmale Steintreppe nach unten zum Verließ. Am Eingang gab es einige Fackeln. Jeder von ihnen nahm eine davon und sie schritten die Zellen ab. Sie waren leer. Bei jeder Zelle, an der sie vorbeikamen, zog Aleekes Magen sich schmerzhaft zusammen. Er erwartete in jedem dieser steinernen Hohlräume Briana liegen zu sehen und jede leere Zelle schürte seine Angst, sie gar nicht mehr zu finden. Schließlich erreichten sie die hinterste Zelle. Der Unbekannte fuhr mit seiner Hand über das Schloss der Gittertür und sie schwang auf. Aleeke beschloss, ihn später danach zu fragen. Der Unbekannte drückte dem Krieger neben ihm seine Fackel in die Hand und stürzte in die Zelle. Nun hatte auch Aleeke freie Sicht auf den Innenraum der Zelle. Briana lag auf dem Boden und war an Armen und Beinen an die Wand gekettet. Schnell kniete er sich neben sie und suchte mit den Fingern einen Puls. Er war schwach. Blut rann ihr über das Gesicht. Der Unbekannte schloss die Augen und legte seine Hände auf ihre Arme. Purpurne Blitze zuckten von seinen Handflächen über Brianas Haut. Die Wunden verschlossen sich, das Blut hörte auf zu fließen. Langsam öffnete Briana die Augen. Sie sah sich suchend im Raum um bis sie den Unbekannten entdeckte. Er ließ seine Hände über die Ketten wandern und sie zerfielen zu Staub. Lächelnd sah er Briana an und half ihr beim Aufstehen. Kurz drohten ihre Knie nachzugeben, doch er hielt sie fest. Trotz dieser unverfänglichen Berührungen zwischen den beiden sah Aleeke deutlich das Band, das sie verband. Der Unbekannte zog ihre Messer hervor und reichte sie ihr. Aleeke hatte nicht bemerkt, dass er ihm die Messer abgenommen hatte. Dankbar nahm Briana die Messer entgegen. Als sie den Griff berührte zuckte ein kleiner hell leuchtender Blitz von ihrer Hand. Der Unbekannte lächelte erfreut. „Eure Hoheit", flüsterte er dann und Aleeke bekam eine Gänsehaut als ihn die Erkenntnis traf. Die Magie der Gründungsväter zeigte sich, wenn sie es erlaubten durch einen purpurnen Blitz. Die Farbe der Könige. Briana war die Auserwählte, daran gab es keine Zweifel mehr. Auch die anderen Krieger schienen das Offensichtliche erkannt zu haben, sie alle knieten sich hin und Aleeke tat es ihnen gleich.

„Diplomatie, nicht Monarchie, Aleeke", sagte Briana leise und gab ihm die Hand. Er nahm sie und stand auf. Die neue Zeit war angebrochen, dessen war er sich sicher. Und wer auch immer der Unbekannte war, er war ein fester Teil des Neuen und des Alten.

„Krieger der neuen Zeit der verborgenen Welt", Brianas Stimme war leise und doch erfüllte sie jeden Winkel der Zelle. „Die Zeit ist gekommen. Wir werden Tejas erobern und dieser Welt zu neuer Größe verhelfen."

Die Krieger erhoben sich und zogen ihre Schwerter. Der Unbekannte und Briana gingen voran und die Krieger folgten ihnen. Zusammen verließen sie den Kerker. Vor der Tür warteten die restlichen Krieger. „Du lebst, Gott sei Dank", Grace fiel Briana um den Hals. Briana erkannte in der Gruppe Adeline und Esteban, beide sahen ihr lächelnd entgegen. „Grace, es tut mir so leid", flüsterte Briana und versuchte vergeblich die Tränen zu unterdrücken. „Ich weiß." Grace sah ihr in die Augen und lächelte schwach. „Rächen wir ihn an diesen Monstern!"

„Der meist gesichertste Raum in diesem Anwesen ist im ersten Stock im Nordflügel. Ich nehme an Tejas wird dort sicher aufbewahrt", sagte der Unbekannte und Briana fühlte die elektrische Kraft, die in ihren Adern pulsierte, wann auch immer sie ihm nah war. „Führ uns dorthin", erwiderte sie und bedeutete den anderen mit zu kommen.

Aleeke ging neben Esteban. Sie folgten dem Unbekannten durch einen breiten Gang und eine Treppe hinauf. Mit Kriegern, denen sie begegneten, wurde kurzer Prozess gemacht. Sie konnten keine Rücksicht nehmen und die Mission gefährden. Vor einer großen Tür blieben sie stehen. Keiner der Krieger gab ein Geräusch von sich. Hinter der Tür hörten sie aufgeregtes Gemurmel und vereinzelte Klingen. Das also meint er mit gesichertem Raum, dachte Aleeke bitter, den Trainingsraum der

Krieger. Er atmete tief durch. Jetzt zählte alles. Kein Fehler durfte gemacht werden. Sie mussten die Flamme finden und dann so schnell wie möglich wieder aus der Zentrale kommen. Es stand alles auf dem Spiel. Das Leben jedes Einzelnen. Aleeke spürte, wie jemand seine Hand ergriff und sah zur Seite. Esteban lächelte ihm aufmunternd zu und in diesem Moment konnte Aleeke nicht anders. Er beugte sich vor und küsste Esteban. Es war nur ein kurzer Moment und doch war es die lang ersehnte Vollkommenheit, nach der Aleeke sich all die Jahre so gesehnt hatte. Er löste sich von Esteban, genoss kurz dessen liebevolles Lächeln, und schärfte dann all seine Sinne für den bevorstehenden Kampf.

Briana drehte sich zu den wartenden Kriegern um. Dies also war der Moment, auf den sie die letzten drei Wochen hingearbeitet hatte. In der Menschenmenge suchte sie nach den bekannten Gesichtern. Alexander, Aaron und Farid sahen sie erwartungsvoll an. Auch Adeline schien den Kampf kaum noch erwarten zu können. Grace stand blass am Rand der Gruppe, das Schwert locker in der Hand. Und dann sah sie Aleeke und Esteban, wie sie sich küssten und den Blick, den sie austauschten. Sie durften diesen Kampf nicht verlieren. Ihretwegen. Der Menschheit wegen. Entschlossen zog Briana ihre Messer und riss dann ihren Arm in die Luft. Die Krieger taten es ihr gleich. Mit einem lauten Schrei stürmten sie in den Raum. Es war ein gigantischer Saal mit einer breiten Glasfront, die auf einen Balkon führte. Einige der Glastüren waren geöffnet und überall verteilt im Raum waren kleine Gruppen von Kriegern, die trainierten oder sich unterhielten. Brianas Krieger stürmten in den Saal, attackierten die Gegner, die ihnen am nächsten waren und überrumpelten die ersten Gegner. Ein lauter Alarm wurde ausgelöst und sofort hörte Briana sich schnell nähernde Schritte. Durch die Tür strömten mehr und mehr Krieger der Zentrale. Sie waren ihren Kriegern zahlenmäßig überlegen, wenn auch nicht um vieles. Briana hielt sich an den Plan und rannte an der Wand entlang vom Kampf weg. Dort konzentrierte sie sich auf ihr inneres Gefühl. Schon nach wenigen Sekunden spürte sie deutlich die Magie der Flamme auf der anderen Seite des Raumes. In Gedanken tastete sie alle Schränke ab, bis sie mit Sicherheit sagen konnte, wo die Flamme versteckt war. Sie drehte sich um und rannte an der Wand entlang weiter in Richtung Flamme.

„Da ist sie", ertönte ein gellender Schrei. Briana sah, wie Königin Helene mit dem Finger auf sie deutete. Sofort stürmten Krieger auf sie zu. Jetzt konnte Briana sich für alles rächen was die Königinnen ihr angetan hatten. Sie rammte dem ersten Krieger ihr Messer in die Brust und duckte sich in einer Drehung unter dem nächsten Angreifer hinweg. Schon waren eine Handvoll ihrer eigenen Krieger an ihrer Seite und machten ihr den Weg frei. Mehr und mehr gegnerische Krieger stürzten in Brianas Richtung und wurden von ihren eigenen Kriegern abgefangen. Schnell sprintete Briana durch den Saal. Mit einem wütenden Schrei sprang Königin Helene vor sie und stieß ihr ein Messer in den Oberschenkel. Der stechende Schmerz durchzuckte Brianas Körper und sie schrie auf. Wütend wich sie dem nächsten Hieb der Königin aus und parierte die weiteren Schläge. Aus dem Augenwinkel sah sie wie Adeline sich ihr näherte. Sie drehte die Königin von Adeline weg und lenkte sie mit einigen schnellen Attacken ab. Als Adeline sie erreicht hatte duckte Briana sich weg und rannte weiter in Richtung der Flamme. Sie erreichte die Schrankwand und öffnete eine der Türen. Statt eines vollgepackten Schrankes empfing sie ein kleiner Hohlraum. Darin stand auf einem Podest eine Schwarze Kerze. Sie sah völlig normal aus, fand Briana. Nur wenn sie die Augen schloss und sich auf ihr Gefühl verließ konnte sie die pochenden Kraftstöße der Kerze wahrnehmen, die ihre wahre Magie offenbarten. Schnell griff Briana nach der Kerze und wandte sich wieder dem Kampfgetümmel zu. Sie hob die freie Hand in die Luft und ein heller Blitz durchzuckte den Saal.

Der helle Blitz irritierte seinen Gegner so sehr, dass Aleeke ihn endlich überwinden konnte. Er war bis jetzt der stärkste Krieger gewesen, gegen den er jemals richtig gekämpft hatte. Brianas Signal war eindeutig, der Rückzug stand an. Alle Krieger aus

Zentrale K sollten nun Briana und die Flamme schützen, die anderen Krieger sollten ihnen den Weg freimachen. Schnell stürmte er zu Briana. Gerade noch rechtzeitig erreichte er sie und übernahm die Flamme. Gemeinsam warteten sie auf Grace, Adeline und Esteban, die sich gerade den Weg zu ihnen freikämpften. Genau wie vorhergesagt trotzte die magische Flamme allen Widrigkeiten und brannte unbeirrt weiter, ohne dabei niederzubrennen. Wieder einmal fragte Aleeke sich wie diese Magie funktionierte, er konnte es sich nicht erklären. Esteban erreichte sie und nahm die Flamme an sich. Kurz darauf trafen auch Adeline und Grace dazu und sie begannen sich ihren Weg zum Ausgang freizukämpfen. Ein gegnerischer Krieger sprang in die Gruppe und Aleeke nahm sich seiner an. Aus dem Augenwinkel sah er noch wie die anderen sich schnell weiter Richtung Ausgang bewegten. Aleeke konzentrierte sich auf seinen Gegner und besiegte den noch unerfahrenen Krieger mit wenigen Schlägen, dann wandte er sich seinen Freunden zu. Sie hatten den Ausgang schon fast erreicht, da griff Königin Saphira Esteban an. Schützend deckte er Tejas, die magische Flamme, mit seinem Körper ab und versuchte dabei dem rasenden Schwert der Königin auszuweichen. Ein Hieb erwischte ihn am Rücken und sein helles Shirt färbte sich rot. Wütend setzte Aleeke sich in Bewegung. Er musste seine Freunde erreichen, bevor die Königin sie umbrachte. Getrieben von Sorge überwand er einen Gegner nach dem anderen auf seinem Weg zu Esteban. Wieder wich dieser einem Schwerthieb der Königin aus und prallte mit dem Rücken an die Wand. Er konnte nicht weiter zurückweichen. Ein Siegeslächeln stahl sich auf das Gesicht der Königin und Aleeke fuhr die nagende Panik in alle Knochen. Siegessicher hob die Königin ihr Schwert und stieß dann zu. Mit einem gellenden Schrei warf Grace sich vor Esteban und als das Schwert sie traf sah sie Aleeke direkt in die Augen. Nie wieder würde Aleeke diesen Blick vergessen. Grace sah glücklich aus. Sie würde zu Ragnar kommen und sie wusste, dass sie Esteban vor dem Tod und A-leeke vor einem Leben in Einsamkeit und Trauer bewahrt hatte. Aleeke starrte auf die Szene, die sich ihm bot, und wurde erst von Brianas Wutschrei davon losgerissen.

In diesem Moment war Briana so erfüllt von grenzenlosem Hass, dass sie all den Schmerz und die Erschöpfung vergaß und sich der Königin entgegenstellte. Dieses Monster hatte kaltherzig ihre Freundin getötet und die Krieger der Königin hatten Ragnar auf dem Gewissen und rissen gerade so viele gute Menschen mit sich in den Tod. Brianas Inneres schrie förmlich vor Wut und sie hatte das Gefühl sie würde zerreißen, wenn sie diesem Hass nicht augenblicklich Ausdruck verlieh. Mit einem markerschütternden Schrei zog sie das Schwert aus Grace leblosem Körper und stürmte auf die Königin zu. Das blutverschmierte Schwert stachelte ihren Hass noch weiter an und ließ sie sich blind vor Wut auf die Königin stürzen. Ihre Klingen trafen sich in der Luft und Briana hätte sich nicht gewundert wären Funken geflogen. Die Königin parierte all ihre Schläge und wich dabei immer weiter zurück. Sie waren direkt an einem zerbrochenen Fenster und in einem Schnellen Satz sprang die Königin hindurch und landete auf dem Balkon. Hier war der Kampf noch wilder als im Saal. Die Königin nutzte den Moment in dem Briana ihr auf den Balkon folgte, um sich zu sammeln und griff Briana dann an. Bei ihrem Manöver traf sie sie hart am Arm. Schreiend fiel Briana das Schwert aus der Hand. Den nächsten Hieben wich sie geschickt aus. Das Gemetzel und den Lärm des Kampfes um sie herum nahm sie dabei kaum wahr. Der nächste Hieb. Kurz über ihrem Kopf schnitt die Klinge durch die Luft. Das Geräusch von brechen-den Knochen und der Schmerzensschrei als Brianas linke Faust auf der Nase von Königin Saphira landete war das Einzige das Briana hörte und es beflügelte sie. Mit einem weiteren Schlag entwaffnete sie die Königin und trommelte dann mit den Fäusten auf sie ein. In ihren Ohren rauschte das Blut und sie konnte ihren eigenen Herzschlag hören. Ihre Schläge passten sich dem konstanten Rhythmus an. Immer schneller. Immer gnadenloser. Auf den Kopf. Bauch. Seite. Nase. Wieder Seite. Die Schläge, die sie selbst abbekam, nahm sie gar nicht wahr. In ihrem stetig wachsenden Zorn sah sie nur die Königin. Sah nur das Blut. Sie sah die ganze Ungerechtigkeit und all das Leid vor sich und trieb es immer weiter vor sich her. Immer näher an den Rand des Balkons. An einer Stelle war das Geländer weggebrochen, das war Brianas Ziel.

Nachdem ich mich meiner Gegner entledigt hatte und sicher war, dass um mich herum keine Gefahr war, suchte ich den Saal nach der Auserwählten ab. Mein Interesse galt selbstverständlich der Flamme. Endlich entdeckte ich einen ihrer Gefolgsleute, Esteban, der sich schützend über die Flamme beugte und schnell aus dem Saal schlüpfte. Ihm folgte Adeline mit gezücktem Schwert. Die beiden würden sicherlich unbeschadet aus der Zentrale kommen, die Flamme war in Sicherheit. Kurz überkam mich stolz. Ich hatte alles richtig gemacht. Ich hatte die Auserwählte gefunden und ich hatte Katherin dazu gebracht mir zu vertrauen und der Auserwählten den Schlüssel zu hinterlassen. Dann hatte ich dem ganzen freien Lauf gelassen und darauf gewartet, dass die Auserwählte trainiert und unterrichtet wurde. Mein Instinkt hatte sich als vollkommen herausgestellt, als sie sich auf dem Maskenball gegen Alexander behauptet hatte. Ich muss zugeben, nach unserem ersten Kontakt, als ich sie retten und zur Zentrale führen musste, hatte ich kurz an ihr gezweifelt. Zu Unrecht, wie ich jetzt zweifelsohne zugeben musste. Dann war ich erneut ihr Retter gewesen und hatte sie vorhin im Verlies geheilt. Das alles wäre aber umsonst, wenn sie diesen Kampf nicht überlebte. Sie sollte Königin werden und diese verborgene Welt regieren. Wo also war sie?

Schnell überflog ich das Kampffeld vor mir. Nur noch wenige Krieger kämpften im Saal. Überall lagen Verwundete, dieser Kampf forderte einen hohen Tribut. Statt der Auserwählten entdeckte ich Aleeke, wenn mich nicht alles täuschte waren er und Esteban Brianas beste Freunde, panisch kämpfte er gegen mehrere Krieger an und es schien als versuchte er verzweifelt ein gewisses Ziel zu erreichen. Sein Fokus jedenfalls lag eindeutig nicht auf dem Kampf, den er gerade führte. Vielmehr warf er wieder und wieder panische Blicke auf den Balkon. Schnell folgte ich seinem Blick. Auf dem Balkon, nahe einer Stelle ohne Geländer, sah ich die Auserwählte und die Königin. Die Auserwählte teilte Schläge aus und kassierte ebenso viele ein. Dann traf sie ein Schlag auf die Nase und ich sah, wie sie taumelte. Das war der Moment, in dem ich losstürmte und die Königin zum Schlag ausholte, der die Auserwählte zu Fall brachte. Mit den Füßen trat sie auf Briana ein. Diese hob schützend die Hände, doch Saphira rammte ihr immer wieder den Fuß in die Rippen. Während ich weiter auf den Balkon zustürmte und aus dem Augenwinkel sah, wie Aleeke das gleiche tat, tastete Briana mit den Händen den Boden ab. Sie bekam eine Stange des gebrochenen Geländers zu fassen und zog es der Königin über den Kopf. Bevor diese sich fangen konnte hatte Briana sich bereits aufgerappelt und stürzte sich von neuem auf ihren Feind. Wieder kam Stolz in mir auf. Kurz schien es, als könnte Briana den Kampf für sich gewinnen. Aleeke war nur noch wenige Meter von ihr entfernt und ich kam ihnen auch immer näher. Briana schlug der Königin hart gegen die Schulter, doch dann wich diese ihrem nächsten Schlag blitzschnell aus, hechtete mit einem Sprung zur Seite und bekam die Pistole eines am Boden liegenden Kriegers zu fassen. Wütend richtete sie den Lauf auf Briana, dann schwenkte sie die Pistole triumphierend zur Seite und hatte Aleeke genau im Visier. Wie versteinert blieb Briana stehen, während ich endlich den Balkon erreichte und sich mir wieder Krieger in den Weg stellten. Ungeduldig kämpfte ich gegen sie an und versuchte dabei die Auserwählte nicht aus den Augen zu lassen. Ihr durfte nichts passieren. Die Königin legte den Hebel um. Aleeke hatte keine Waffe, um sich zu verteidigen und auf dem geräumigen Balkon gab es auch nichts, was er als Schutzschild hätte verwenden können. Mit einem Schrei stürzte die Auserwählte sich auf die Königin. Gerade als sie sie zu fassen bekam viel ein Schuss. Von dem lauten Knall entfernt konnte ich meinen eigenen Schrei nicht hören, als die Auserwählte zusammen mit der Königin vom Balkon stürzte und in die Tiefe viel.

Das Gefühl, das sich daraufhin in mir ausbreitete, war nicht zu beschreiben. Natürlich konnte ich nicht leugnen, dass zwischen der Auserwählten und mir seit unserer ersten Begegnung eine Verbindung zu spüren gewesen war, doch in all den tausenden von Jahren, die ich schon lebte, hatte ich noch nie ein solch starkes Gefühl wahrgenommen. Es war stärker als die magische Kraft, die durch meine Adern pulsierte, es war stärker als jede Liebe, die ich jemals verspürt hatte, ja es war stärker als all die Kräfte, die ich in Nandana vernommen hatte. Es war, als würde ich sterben. Nicht nur ein Teil von mir, sondern mein ganzes Inneres. Kurz verschwamm mein Sichtfeld. Ein Schlag traf mich hart am Rücken. Ich spürte, wie der Knochen splitterte. Vage nahm ich wahr, wie Aleeke sich auf meine Angreifer stürzte und mich verteidigte. Dann konnte ich dem Gefühl nicht mehr standhalten. Ich griff nach Aleekes Arm, hielt ihn fest und ließ dann all meine Verzweiflung in einer einzigen explosionsartigen Welle von mir. Genau wie bei der Auserwählten zeigte sich auch meine Magie in der Farbe der Könige. Eine purpurne Druckwelle schleuderte alle Anwesenden durch den Raum. Ich hatte Mühe Aleeke festzuhalten und dadurch zu schützen. Noch einmal brauste das Gefühl uneingeschränkter Kraft durch meinen Körper, dann verschwand auch dieses Gefühl und hinterließ nichts als Leere.

15

*„Die verborgene Welt wird sich dreimal neu-
strukturieren. In ihren Anfängen, unter der
Herrschaft des Bösen und zum letzten Mal in der
neuen Ära der Auserwählten."*
- aus „Die Vorhersagen der verborgenen Welt", Autor: Baptiste der
Seher

Wieder saß ich stumm neben ihr und ließ meine purpurnen
Blitze über ihren Körper wandern, doch es gab nichts mehr
was ich für sie tun konnte. Ich hatte sie beschützt und
gerettet, so viele Male. Nach ihrem Sturz hatten wir sie
geborgen und zurück zur Zentrale K gebracht. Sie war
noch am Leben und ich hatte mich sofort daran gemacht
ihre körperlichen Wunden zu heilen. Mehr konnte ich nicht
tun. Sie war mächtig, mächtiger als ich es für möglich gehalten hatte. Ihr Geist besaß einen Wall, den selbst ich nicht
überwinden konnte. Normalerweise ist das etwas Gutes,
doch jetzt konnte ich sie nicht vollständig heilen. Sie würde
nicht sterben, aber ich weiß nicht ob und wann sie
aufwacht. Immer wieder hatte ich versucht die Hürde zu
überwinden. Erfolglos. Die Pause war vorbei und ich verließ
den Raum. Im Nebenzimmer lagen noch einen Tag nach dem
Kampf unzählige Verwundete, die von mir geheilt werden
wollten. Stumm verrichtete ich meine Arbeit bis ich zu
erschöpft war, um noch mehr meiner Kraft für die Heilung
aufzuwenden. Wenn es soweit war ging ich zu Esteban und

Aleeke. Sie schafften es all die Rajans und Führer der Gelehrten und Krieger in Schach zu halten und zu gedulden. Aber mit jeder Stunde die Briana verpasste wurden die Gäste ungeduldiger. Für sie war die Zukunft nun ungewiss. Wir brauchten Briana als rechtmäßige Königin um das Neujahresfest zu zelebrieren. Wenn nicht würden alle sterben. Schon wieder so eine schöne Aussicht auf die Zukunft. Immerhin war es erst Anfang Dezember, somit hatten wir noch etwa drei Wochen Zeit, um das Fest zu feiern. Sobald die Auserwählte aufwacht geht es los, das war die Erklärung, mit der die anderen sich abfinden mussten. In der Zwischenzeit kamen die kuriosesten Gerüchte und Anforderungen auf. Wir sollten die verborgene Welt neu strukturieren, forderten einige einfache Krieger. Andere sagten, die verborgene Welt sollte nicht länger verborgen sein. Wieder andere forderten das genaue Gegenteil: Wir sollten uns noch weiter zurückziehen, um keinerlei Schnittstellen mehr mit der Menschheit zu haben. Ich hielt mich aus allem raus, verbarg mich vor allen Anwesenden und sprach nur mit Mitgliedern von Zentrale K. So vergingen wenige Tage. Ich hatte alle Verwundeten geheilt und die Krieger und Gelehrten waren abgereist. Nur die Rajans und ihre engsten Vertrauten waren noch anwesend und würden dies auch bis nach dem Fest sein. Alle Räume der kleinen Zentrale waren bewohnt und Geta hatte alle Hände voll zu tun, um alle zu bekochen. Der Trainingssaal war nie leer und auch der prachtvolle Garten war mit unzähligen kleinen Tischen übersät. Alle kamen ihren Pflichten nach. Die Krieger trainierten den ganzen Tag, die Gelehrten übersetzten neue Bücher in Sanskrit und die Rajans versuchten ihre Krieger unter Kontrolle zu halten und diskutierten unaufhörlich die Zukunft unserer besonderen Welt. Ich fühlte mich seltsam fehl am Platz. Dies war der Moment, auf den ich seit knapp viertausend Jahren hingearbeitet hatte. Die verborgene Welt war vorerst gerettet, Tejas befand sich wieder in den Händen von guten Menschen. Und doch fehlte mir etwas. Zwei Dinge, wenn ich so darüber nachdachte. Mir fehlte Briana. Ich kannte sie erst seit wenigen Wochen, doch sie war ein Teil von mir geworden. Noch immer bewunderte ich ihre Stärke und war überrascht und überwältigt von der Kraft, die uns verband. Zudem fehlte mir meine Rache. Alle hier wähnten sich in Sicherheit, sahen den Krieg als beendet an. Ach, wie falsch sie alle lagen. Oswald, der Teufel, regierte noch immer in Nandana. Und auch hier auf der Erde gab es noch einen mächtigen Feind, von dem niemand außer Oswald und mir wusste. Es wurde Zeit das Briana aufwacht. Sie musste ihre Rolle als Königin einnehmen und dann würde ich ihr von den Hindernissen berichten, die uns noch bevorstanden. Es war noch so viel zu tun.

Zeitfracht Medien GmbH
Ferdinand-Jühlke-Straße 7
99095 Erfurt, Deutschland
produktsicherheit@kolibri360.de